[新概念阅读书坊]

让女孩一生幸福的魅力故事
RANG NÜHAI YISHENG XINGFU DE MEILI GUSHI

主编◎崔钟雷

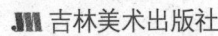
吉林美术出版社

图书在版编目（CIP）数据

让女孩一生幸福的魅力故事 / 崔钟雷主编. —长春：吉林美术出版社，2011.1（2023.6重印）

（新概念阅读书坊）

ISBN 978-7-5386-5033-4

Ⅰ.①让… Ⅱ.①崔… Ⅲ.①故事-作品集-世界 Ⅳ.①I14

中国版本图书馆 CIP 数据核字（2010）第 255534 号

让女孩一生幸福的魅力故事
RANG NÜHAI YISHENG XINGFU DE MEILI GUSHI

出 版 人	华　鹏
策　　划	钟　雷
主　　编	崔钟雷
副 主 编	刘　超　那兰兰
责任编辑	栾　云
开　　本	700mm×1000mm　1/16
印　　张	10
字　　数	120 千字
版　　次	2011 年 1 月第 1 版
印　　次	2023 年 6 月第 4 次印刷
出版发行	吉林美术出版社
地　　址	长春市净月开发区福祉大路 5788 号 邮编：130118
网　　址	www.jlmspress.com
印　　刷	北京一鑫印务有限责任公司
书　　号	ISBN 978-7-5386-5033-4
定　　价	39.80 元

版权所有　侵权必究

前言 Foreword

阅读是一段开启心智的历程，阅读是一种与书籍对话的方式，阅读是一盏点亮灵魂的明灯！人们常说"开卷有益"，只要认真去阅读，用心去体会，就会从书籍中获取丰富的知识，获得源源不绝的力量！

为了开阔您的阅读视野，我们精心编纂了本套"新概念阅读书坊"系列丛书。阅读是一种自我充实的过程，读什么和怎样读都显得颇为重要，而我们的意旨在于为您提供一种全新阅读方式的可能！

本套丛书内容涵盖面广，设计新颖独到，优美的文章，精致的图片以及全新的阅读理念，必将呈现给您一场独特的阅读盛宴，愿您在享受这段新奇的阅读历程时，也会将之视为开启您阅读之门的钥匙，走进阅读的美好世界……

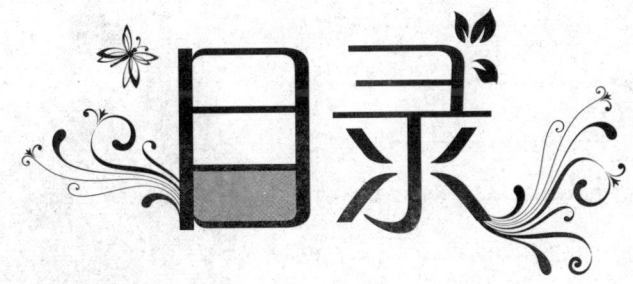

目录

第一章 希望是加法

注重"细节"是一种能力 ………… 2
流泪的故事 ……………………… 4
生活减压秘方 …………………… 8
最后一眼 ………………………… 10
生活无言 ………………………… 12
老师窗内的灯光 ………………… 15
受宠若惊 ………………………… 21

一罐子美 ………………… 23

最需要的爱 ……………… 26

你敢想吗 ………………… 29

我曾是智障者 …………… 31

最凶险的时刻 …………… 37

会飞的猪 ………………… 39

信封里的跳蚤 …………… 42

丁肇中的"不知道" ……… 44

当你踩到了紫罗兰的心 … 46

嫉妒 ……………………………… 49

改变一生的邂逅 ………………… 53

拥你入怀 ………………………… 56

人生美好在于相处 ……………… 59

考题 ……………………………… 61

问题所在 ………………………… 65

希望是加法 ……………… 67

第二章　幸福的计算法

至爱 …………………………… 70

水的眼泪是什么 ……………… 73

在爱的阳光下，不再流浪 …… 76

冒牌管家 ……………………… 80

别说你的眼泪无所谓 ………… 83

有一种人"生下来就过时"……………… 86
别伤害了金子般的心……………………… 88
可怜的花………………………………… 92
爱心有限………………………………… 94
8%的烦恼………………………………… 96
痛苦和盐………………………………… 98
心的高原………………………………… 100
父亲的三句话…………………………… 102
逝去的美味……………………………… 105

看看另一面……………………………………… 111
幸福的计算法…………………………………… 113
访兰……………………………………………… 118
我的喜剧生涯…………………………………… 120
化在掌心的糖…………………………………… 122
荒岛上的公爵兰………………………………… 125
水流最低处有颗珊瑚心………………………… 127

一本人生的大书 ………………… 133

拐杖 …………………………… 136

第三章 简单的希望

雨中小贩 ………………… 140

麻烦的妙处 ……………… 141

孩子是大师 ……………… 143

生命的重量 ……………… 146

简单的希望 …………………………… 147

我叫托马斯—杰斐逊 ………………… 150

第一章 Chapter 1

希望是加法

敢想,给予我们的不仅是前进的勇气,更重要的是,我们的人生从此有了确定的目标。

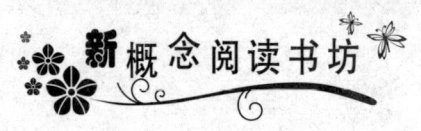

注重"细节"是一种能力

张雪峰

某公司招聘一名业务主管,在经过几轮残酷的考核淘汰之后,应聘人数由最初的几十个人变成了三个人。三位应聘者在前几轮的测试中表现都十分出色,无论学识、阅历、口才、形象都相差不多,简直是不分伯仲。

最后,公司经理决定亲自出面挑选最后的人选。他的测试方法非常简单:在桌子上放了几张白纸和一支注满了墨水的金笔,让三位应聘者在纸上写下各自的简历。

应聘者甲坐到桌前,拧开金笔正要写字,恰好金笔漏下了一滴墨水,不偏不倚地落到了洁白的纸上。应聘者甲慌忙把滴了墨水的纸揉成一团,重新拿了一张纸写起简历来,无奈金笔依旧漏水,短短一份简历,等他写完已经用了四张纸。

应聘者乙发现金笔漏水后,从容地从西服口袋里拿出自己的笔,顺利地写完了简历。

轮到应聘者丙上场了,他发现金笔

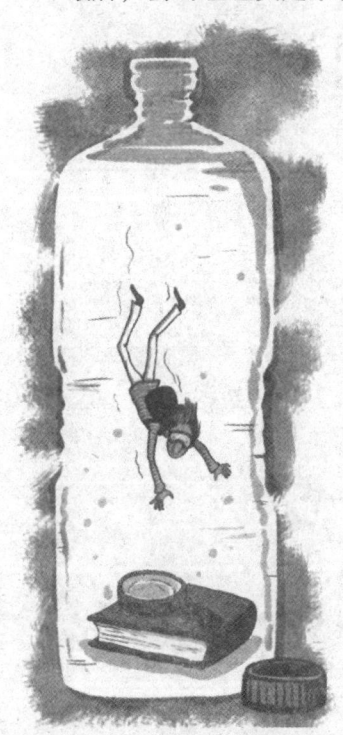

漏水后，并没有急着书写简历，而是不慌不忙地拧开金笔，小心地捏了捏金笔的储墨囊，排出储墨囊里过多的墨水，金笔不再漏水，他自然写得格外从容。

最后，经理宣布，公司决定留下应聘者丙担任业务主管。当另外两名应聘者问起他们落选的原因时，经理告诉他们：论学历、论资历，你们几乎分不出高下，但是应聘者丙愿意寻找问题的根源，并且能想办法去解决问题，从这一点上看，他要比你们高明。

在人生的竞技场上，有时候注重细节能使你得到命运之神的垂青。而所谓注重细节，说穿了也不过是拥有一颗永远都在思考、永远都保持着好奇的心。请记住：注重细节也是一种能力。

我要对你说

正所谓"知其然也要知其所以然"，找到问题的关键，可以直接从根本上将其解决。我们在做任何事情之前，都要搞清事情的来龙去脉，把握问题的关键，这样才能使问题不攻自破。

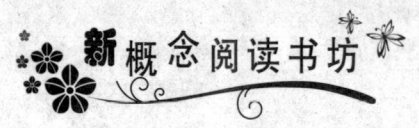

流泪的故事

春 潮

我的妻子爱珍是在冬天去世的,她患有白血病,只在医院里挨过了短短的三个星期。

我送她回家过了最后一个元旦,她收拾屋子,整理衣物,指给我看放证券和身份证的地方,还带走了自己所有的照片。后来,她把手袋拿在手里,要和女儿分手了,一岁半的雯雯吃惊地抬起头望着妻子问:"妈妈,你要到哪去?""我的心肝,我的宝贝。"爱珍跪在地上,把女儿拢住,"再跟妈亲亲,妈要出国。"

她们母女俩脸贴着脸,爱珍的脸颊上流下两行泪水。

一坐进出租车中,妻子便号啕大哭起来,身子在车座上匍匐、滑动。我一面吩咐司机开车,一面紧紧地把她搂在怀里,嘴里喊着她的名字,等待她从绝望中清醒过来。但我心里明白,实际上没有任何女人能够做得比她坚强。

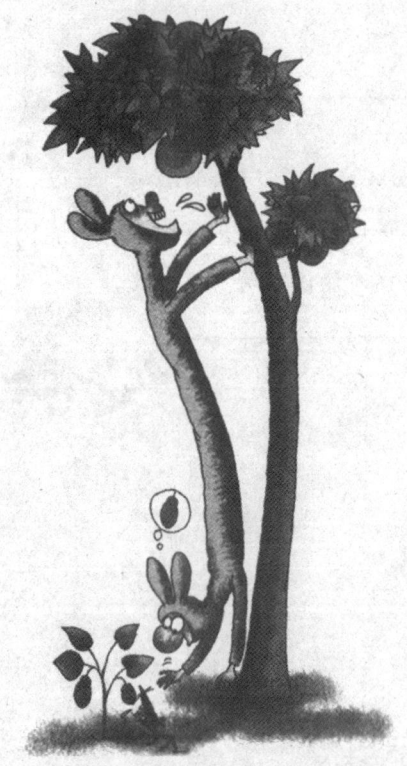

妻子辞别人世二十多天后，从"海外"寄来了她的第一封家书，信封上贴着邮票，不加邮戳，只有背面注有日期。我按照这个日期把信拆开，念给我们的雯雯听：

心爱的宝贝儿。我的小雯雯：

你想妈妈了吗？妈妈也想雯雯，每天都想，妈妈是在国外给雯雯写信，还要过好长时间才能回家。我不在的时候，雯雯听爸爸的话了吗？听阿姨的话了吗？

最后一句是："妈妈抱雯雯。"

这些信整整齐齐地包在一方香水手帕里，共有 17 封，每隔几个星期我们就可以"收到"其中的一封。信里爱珍交代我们按季节换衣服，以及如何根据孩子的发育补充营养等等。读着它们，我的眼眶总是一阵阵地发潮。

爱珍的温柔话语和口吻往往能使雯雯安安静静地坐上半个小时。逐渐地，我和孩子一样产生幻觉，感到妻子果真是远在日本，并且习惯了等候她的来信。

第九封信，爱珍劝我考虑为雯雯找一个新妈妈，一个能够代替她的人。"你再结一次婚，我也还是你的妻子。"她写道。

一年之后，有人介绍我认识了现在的妻子雅丽。她离过婚，气质和相貌上都与爱珍有相似之处。不同的是，她从未生育，而且对孩子

5

毫无经验。我喜欢她的天真和活泼，唯有这种性格才能够冲淡一直笼罩在我心头的阴影。我和她谈了雯雯的情况，还有她母亲的遗愿。

"我想试试看，"雅丽轻松地回答，"你领我去见见她，看她是不是喜欢我。"

我却深怀疑虑，斟酌再三。

四月底，我给雯雯念了她妈妈写来的最后一封信，拿出这封信的时间距离上封信相隔了6个月之久。

亲爱的小乖乖：

　　告诉你一个好消息：妈妈的学习已经结束了，就要回国了，我又可以见到你和爸爸了！你高兴吗？这么长时间了，雯雯都快让妈妈认不出来了吧？你还能认出妈妈吗？

　　……

我注意着雯雯的表情，使我忐忑不安的是，她仍然在一心一意地为玩具狗熊洗澡，仿佛什么也没有听到。

我欲言又止。忽然想起雯雯已经快三岁了，她渐渐地懂事了。

一个阳光明媚的星期日，我陪着雅丽来到家里。

"雯雯"，此刻我能感觉到自己声调的颤抖，"还不快看是不是妈妈回来了？"

雯雯呆呆地盯着雅丽，尚在犹豫。谢天谢地，雅丽放下皮箱，迅速走到床边，拢住了雯雯："好孩子，不认识我了？"

雯雯脸上表情瞬息万变，由惊愕转向恐惧，我紧张地注视着这一幕。接着……发生了一件我们没有预料到的事。孩子丢下画报，放声大哭起来，哭得脸面通红，她用小手拼命地捶打着雅丽的肩膀，终于喊出声来："你为什么那么久才回来呀？"

雅丽把她抱在怀里，孩子的胳膊紧紧揽住她的脖子，全身几乎痉挛。雅丽看了看我，眼睛里立刻充满了泪水。

这一切都是孩子的母亲一年半前挣扎在病床上为我们安排的。

 我要对你说

母亲总是想为我们安排好一切，无论是在生前还是身后。她不放心的永远是最疼爱的孩子。即便她有一天不在我们身边了，但我们依然能够感受到那包围在我们身边的浓浓的爱。

生活减压秘方

张天钧

　　荷兰画家蒙德里安热爱大自然，喜欢孤独。他的画风独特，线条简洁，也影响了时装设计界。

　　在这幅画于1936年的《红色的构成》作品中，蒙德里安用四条横线和一条竖线来分割画面，然后在左上角画上红色，左下角画上棕灰色，其他则是浅灰色。

　　他曾说："整个现代生活，由于倾向于内省，可以用一种纯粹的方式反映在图画里。在绘画上……无论是自然主义的表现能力还是表现手法，都向内心发展，直至变成抽象的观念。"因此这是一种心灵的描绘，代表纯净与和谐。

　　我在照顾甲状腺机能亢进症病人时，常遇到病人问这样的问题："我的病和压力有关吗？"我的回答是："是的，你的病和压力有密切关系。在压力大时，甲状腺的机能亢进症容易复发，症状也容易恶化。"病人接下去会问："那么我应如何减少生活上的压力呢？"我的回答是："虽然这并不容易，但让生活单纯化，是一个很好的减压方式。"

　　记得大学时有一位公共卫生学的教授，他就曾教我们如何让生活单纯化，那就是每一样东西要放在固定的位置，这样才不用为了找东西而花时间。

我也曾听精神科医师说："人的感官在一个时间点上只能注意一件事情。"因此若在一段时间内要关心很多事，自然而然会感觉有压力。

事实上现代生活到处都充满了压力，例如学生的压力来自升学竞争，大人则有谋生的压力。而一般都市人，出了家门，面临的就是繁忙交通带来的压力。

我的病人中有些是学生，他们的父母将他们送到国外念书。我本以为人生地不熟的，压力会较大，没想到他们的父母告诉我的是，压力减少了，药也不太需要吃了。我想我们的升学教育，压力似乎大了些。

而在生活上，由于人与人之间频繁的来往，交际应酬无形中也增多。这样繁复的生活虽然富有趣味，但若超过一定的程度，是否也是一种压力呢？

我曾到过某教授的办公室，对其简单和清爽感到十分讶异。当时我就很好奇，他如何能做到这样。原来他把杂志中有用的文献留下来，其他则扔掉，不保存多余的东西。

蒙德里安图画的单纯，是现代人生活减压最好的启示。有人说有舍就有得，也许我们该检讨自己是否让生活太复杂化，保留太多不必要的东西，而让自己的生活空间狭窄了呢？

我要对你说

我们生活在五彩斑斓的社会里，随着社会节奏的加快，我们在不断适应社会的同时，还要承受各种外来的压力。为了能在生活为我们画下的赛场上一比高下，要找到为自己减压的方法，这样才能成为最后的冠军。

最后一眼

蓝 石

母亲最后一次去住院时,体重不超过35公斤。记得母亲在病魔打盹的时候,掐着自己的大腿自嘲地说:"就剩下一层皮了。"

去住院的那天,母亲坚决不让我背她,连搀扶也不准,说是怕人笑话,像得了多大病似的。其实,母亲早就知道她自己得的是食道癌。母亲穿着厚重的棉袄,一步步向停在院门前的面包车走去,还微笑着与街坊四邻打着招呼。

上车后,母亲开始不停地喘着粗气,汗水像刚洗过澡似的流淌着,苍白的脸上泛起了少见的红润。这段路不足50米,但这段路就如母亲

的人生一样短暂而艰辛……平静之后，母亲说："刚儿，你跟司机师傅说说，麻烦他能不能绕远点儿，从太原街走。"那时，太原街是我们这个城市最繁华热闹的地区了。我走到司机身边正欲开口，却见司机早已满脸泪水，"老太太，我今儿给你把沈阳转个遍。"

一路上，母亲说个不停，哪哪儿是她领我们看过电影的影院了，哪哪儿是她带我们去过的公园……

三个小时候后，车到了医院。"这可能是妈最后看这个世界一眼了。"说完，母亲哭了。

母亲在车上所经过的地方，都留下了她深深的不舍和依恋，那是对生命的不舍，是对家庭和儿女的不舍。这份不舍将永远留在儿女们的心中，留在他们对母亲的怀念里。

生活无言

马 德

一场大雨引起了泥石流,一处山梁上,大片的绿色都被冲刷走了。

一朵暗紫的花,侥幸存活了下来。那朵花真小啊,绽放在同样小小的一枝茎蔓上,被一丝细如纤发的根须牵系在地表上,随时都可能被一阵风刮跑。

雨后的第二天上午,一个小女孩蹦蹦跳跳经过此地,她一眼就发现了这朵可爱的花,她掬起一捧土,轻轻地压在了花的根上。

来年春末,当女孩再经过这里的时候,她发现,一大片这样暗紫的花开放在坡上,随风摇曳着,格外美丽。

父亲病重的那一年,他上午输完液后,就在家里干一些力所能及的活,或者为地里劳作的母亲准备下一顿饭,或者打扫打扫屋子,即便是这样轻微的活,也要干一会儿,歇上一大阵子。

家里积攒了许许多多青霉素的塑胶瓶盖,堆积在箩筐里。父亲忙完活后,就开始谋划着用这些瓶盖为家里做一个搓衣板。父亲一边做,一边思忖着利用这些塑胶瓶盖不同的颜色，在这块板子上排列出一个字形来。父亲常常做到一半的时候，觉得字形并不好，就拆了，然后又做，再拆，再做，断断续续地，一直到他快不行的时候。

那块板子最后还是做成了，父亲在他生命的最后时刻，在那块板子上，为活在世上的儿女们留下了一个字：福。

在我家楼下，有一棵柿子树。由于整座大楼挡住了太阳光线，一天当中，接受日照的时间很短，再加上四周全是厚厚的水泥地面，没有多少营养渗入地下去，所以树的长势很不好。

但它还是顽强地发了芽，枝杈间也生了不少的叶子，郁郁葱葱的。夏末的时候，一个老师端详了半天，感慨着说："活是活下来了，可是已经挂不了果了。"来来去去的人也附和感叹着："是啊，看来只剩下活下来的力气了。"

一个秋末的早上，大家急匆匆地去上班。大家发现，柿子树下，一个柿子摔裂在地上，一副熟透的样子。

一个学生家长来看自己的孩子。

他把女儿叫到了校门外，在一棵树的阴凉里，先取出了一块塑料纸，铺开，然后又取出一个布包，层层打开，是一个铝质的饭盒。掀开饭盒，是白白亮亮的饺子，似乎还散发着家的温暖。父亲微笑着把饭盒放在女儿面前，便沉默着不说话，蹲在那里，看着一样蹲在那里的女儿

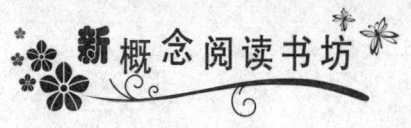

极细致地吃着。

那天,头顶的太阳热辣辣的,旁边道路上车水马龙,行人纷纷驻足往这边瞧。女儿吃了多长的时间,没有人知道;然而女儿吃了多长时间,父亲就专注欣赏了多长时间。那天看到这一幕的人,都说那个父亲的目光,是他们那天看到的最美的风景。

很多的爱就是这样无言地表达着,像故事中第一个父亲用瓶盖拼成的"福"字,像第二个父亲看女儿吃饺子的专注目光,千言万语都无法表达这种深情,或许"此时无声胜有声"吧!

老师窗内的灯光

韩少华

我曾在深山间和陋巷里夜行。夜色中,有时候连星光也看不见。无论是山林深处,还是小巷子的尽头,只要能瞥见一点灯光,哪怕它是昏黄的、微弱的,也都会立时给我以光明、温暖、振奋。

如果说人生也如远行,那么在我蒙昧和困惑的时日里,让我最难忘的就是我的一位师长的窗内的灯光。记得那是抗战胜利,美国"救济物资"满天飞的时候,有人得了件美制花衬衫,就套在身上招摇过市。这种物资一度被弄到了我当时就读的北京市虎坊桥小学里来,我就曾在我的国语老师崔书府先生宿舍里,看见旧茶几底板上放着一听加利福尼亚产的牛奶粉。当时我望望形容消瘦的崔老师,不觉也想到他还真的需要一点滋补呢⋯⋯

有一次,我写了一篇作文,里面抄袭了冰心先生《寄小读者》里面的几个句子。作文本发下来,得了个漂亮的好成绩,我虽很得意,却又有点

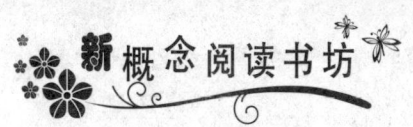

儿不安。偷眼看看那几处抄袭的地方,竟无一处不加了一串串长长的红圈!得意从我心里跑光了,剩下的只有不安。直到回家吃罢晚饭,一直觉得坐卧难稳。我穿过后园,从角门溜到街上,衣袋里自然揣着那有点像赃物的作文簿。一路小跑,来到校门前一推,"咿呀"了一声,好,门没有上锁。我侧身进了校门,悄悄踏过满院古槐树冠洒落的浓重的阴影,曲曲折折地来到了一座小小的院落里。那就是住校老师们的宿舍了。

透过浓黑的树影,我看到了那样一点亮光——昏黄、微弱,从一扇小小的窗棂内浸了出来。我知道,崔老师就在那窗内的一盏油灯前做他的事情——当时,停电是常事,油灯自然不能少。我迎着那点灯光,半自疑半自勉地登上那门前的青石台阶,终于举手敲了敲那扇雨淋日晒以致裂了缝的房门——

笃、笃、笃……

"进来。"老师的声音低而弱。

等我肃立在老师那张旧三屉桌旁,又忙不迭深深鞠了一躬之后,我感觉得出老师是在边打量我,边放下手里的笔,随之缓缓地问道:"这么晚了,不在家里复习功课,跑到学校里做什么来了?"

我低着头没敢吭声,只从衣袋里掏出那本作文簿,双手送到了老师的案头。

两束温和而又严肃的目光落到了我的脸上。我的头低得更深了,只好嗫嗫嚅嚅地说:"这篇作文,里头有我抄袭人家的话,您还给画了红圈儿，我骗、骗……"

老师没等我说完，一笑，轻轻撑着木椅的扶手，慢慢起身到靠后墙那架线装的铅印的书丛中，随手一抽，取出一本封面微微泛黄的小书。等老师把书拿到灯下，我不禁侧目看了一眼，那竟是一本冰心的《寄小读者》。

还能说什么呢，老师都知道了，可为什么……

"怎么，你是不是想：抄名家的句子，是谓之'剽窃'，为什么还给打红圈？"

我仿佛觉出老师憔悴的面容上流露出几分微妙的笑意，心里略微松快了些，只得点了点头。

老师真的轻轻笑出了声，好像并不急于了却那桩作文簿上的公案，却抽出一支"哈德门"牌香烟，默默地点燃了，吸着。直到第一口淡淡的烟消融在淡淡的灯影里的时候，他才忽而意识到了什么，看看我，又看看他那铺垫单薄的独卧板铺，粲然一笑，训教里不无怜爱地说："总站着干什么？那边坐！"

我只得从命，两眼却不敢望到脚下那块方砖之外的地方去。

又一缕烟痕大约已在灯影里消散了，老师才用他那低而弱的语声说："我问你，你自幼开口学话是跟谁学的？"

"跟……跟我的奶妈妈。"我怯生生地答道。

"奶妈妈？哦，奶母也是母亲。"老师手中的香烟只举着，烟袅袅上升，"孩子从母亲那里学说话，能算剽窃吗？""可……可我这是写作文呀！""可你也是孩子呀！"老师望着我，缓缓归了座，见我已略抬起头，就眯细了一双不免含着倦意的眼睛，看着我，又看看案头那本作文簿，接着说："口头上学说话，要模仿；笔头上学作文，就不要模仿了吗？一边吃奶，一边学话，只要你日后不忘记母亲的恩情也就算是个好孩子了……"

这时候，不知我从哪里来了一股勇气，竟抬眼直望着自己的老师，

17

更斗胆抢过话头,问道:"那……那作文呢?"

"学童习文,得人一字之教,必当终身奉为'一字之师'。你仿了谁的文章,自己心里老老实实地认人家做老师,不就很好了吗?模仿无罪。学生效仿老师,何谈'剽窃'?"

我的心,着着实实地定了下来,却又着着实实地激动起来。也许是一股孩子气的执拗吧,我竟反诘起自己的老师:"那您也别给我打红圈呀!"

老师却默然微笑,掐灭手中的香烟,向椅背微靠了靠,眼光由严肃转为温和,只望着那本作文簿,缓声轻语着:"从你这通篇文章看,你那几处抄引,上下也还可以贯串下来,不生硬,就足见你并不是图省力硬搬的了。要知道,模仿既然无过错可言,那么聪明的模仿,难道不该略加奖励吗——我给你加的也只不过是单圈罢了……你看这里!"

老师说着,顺手翻开我的作文簿,指着结尾一段。那确实是我绞得脑筋生疼之后才落笔的,果然得到了老师给重重加上的双圈——当时,老师也有些激动了,苍白的脸颊微漾起红晕,竟然轻声朗读起我那几行稚拙的文章来……读罢,老师微侧过脸来,嘴角含着一丝狡黠的笑意说:"这几句嘛,我看,就是你从自己心里掏出来的了。这样的文章,哪怕它还嫩气得很,也值得给它加上双圈!"

我双手接过作文簿,正要告辞,忽见一个人,不打招呼推门而入。他好像是那位新调来的"训育员":平时总是戴近

视眼镜，穿中山服，面色更是红润光鲜；现在，他披着件外衣，拖着双旧鞋，手里拿个搪瓷盖杯，对崔老师笑笑说："开水，你这里……"

"有。"崔老师起身，从茶几上拿起暖水瓶给他斟了大半杯，又指了指茶几底板上的"加利福尼亚"，笑眯眯地看了来人一眼，"这个，还要吗？"

"呃……那就麻烦你了。"

等老师把那位不速之客打发得含笑而去后，我望着老师憔悴的面容，禁不住脱口问道："您为什么不留着自己喝？您看您……"

老师默默地没有就座，高高的身影印在身后那灰白的墙壁上，轮廓分明，凝然不动。只听他用低而弱的语声缓缓地说道："还是母亲的奶最养人……"

我好像没有听瞳，又好像不是完全不懂。仰望着灯影里的老师，仰望着他那苍白的脸色、憔悴的面容，又瞥了瞥那个被弃置在底板上的奶粉盒，我好像懂了许多，又好像还有许多、许多没有懂……

半年以后，我告别了母校，升入了当时的北平二中。当我拿着入中学后的第一本作文簿匆匆跑回母校的时候，我心中是揣着几分沾沾自喜的得意劲儿的，因为，那簿子里画着许多单的乃至双的红圈。可我刚登上那小屋前的青石台阶的时候，门上一把微锈的铁锁让我一下子愣在了那小小的窗前……听一位住校老师说，崔老师因患肺结核，住进了红十字会办的一所慈善医院。

临离去之前，我从残破的窗纸漏孔中向老师的小屋里望了望——迎

19

着我的视线，昂然站在案头的，是那盏油灯，灯罩上蒙着灰尘，灯盏里的油，已几乎熬干了……

　　时光过去了近四十年。在这人生的长途中，我曾经历过荒山的凶险和陋巷的幽曲，而无论是黄昏，还是深夜，只要我发现了远处的一点灯光，就会猛地想起我的老师窗内的那盏灯，那熬干自己的生命，也更给人以启迪、给人以振奋、给人以光明和希望的，永不会在我心头熄灭的灯！

我要对你说

　　昏黄如豆的灯光透过窗棂，晕染出一幅温馨怡人的画面；阳光透过古槐繁茂的枝叶，洒落下一片疏离斑驳的树影。老师用细腻的情感，温暖了童稚的心灵，淡淡的灯影照亮了孩子的成长之路。

受宠若惊

汤姆·安德森

在开车前往海滨小屋度假的途中,我在心里发了个誓,要在未来的两个星期里努力做一个爱妻子的丈夫和爱孩子的父亲,彻底地体贴他们,无条件地爱他们。

这个念头是我在车上听一位评论员的录音时想到的。他先引述了《圣经》上一段关于丈夫体贴妻子的话,然后说道:"爱是一种意志的行为。一个人可以自己决定要不要去爱。"我必须承认我是个自私的丈夫——承认我们的爱已经因为我对妻子不够体贴而褪了色。在许多小地方我的确是这样:责骂艾芙琳做事慢;坚持看我要看的电视节目;把明知道艾芙琳还想看的旧报纸丢了出去。好了,在这两星期里,这一切都要改变。

当真改变了。从我在门口吻了艾芙琳一下,并且说"你穿这件黄色新毛衣可真漂亮"起,便改变了。

"啊,汤姆,你居然注意到了。"她说,神情既惊讶又愉快,也许还有一点迷惑。

长途开车之后,我想坐下来看书,但艾芙琳建议到海滩上去散步。我本想反对,但

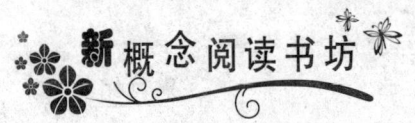

随即想到，艾芙琳已单独在这里陪了孩子一个星期，而现在她想和我单独在一起。于是，我们便到海滩上去散步，让孩子们自己放风筝。

时间就这样过去了。一连两个星期，我没打过电话到华尔街我任董事长的投资公司；我们到贝壳博物馆去参观了一次，虽然我一向最怕去博物馆，但这回却很感兴趣；有一次我们要赴宴，但因为艾芙琳化妆而迟到了，我却一句话也没说。整个假期轻松而愉快，一晃就过去了。我又发了一个新誓，要继续记住体贴她。

但我的这次试验出了一个纰漏，艾芙琳和我至今一提起这件事便不禁失笑。在海滨小屋的最后一个夜晚，当我们正要上床就寝时，艾芙琳突然神情哀伤地望着我。

"你怎么啦？"我问。

"汤姆，"她说，声调凄惨，"你是否知道了一件我不知道的事？"

"这话怎讲？"

"嗯……几星期前我做过身体检查……医生……他对你说过什么关于我的话没有？汤姆，你待我太好了……我是不是快要死了？"

我一下子就全明白了，随即大笑起来。

"不，亲爱的。"我说着把她抱在怀里，"你并不是快要死了……是我才刚开始活呢！"

我要对你说

说到不如做到，做到不如做好，做好不如成为习惯。既然要把旧的习惯改掉，那么就把新的做法也变成为一种习惯。幸福是习惯的监护人，习惯是幸福的保护伞。平凡的生活需要点滴的融入，幸福的生活需要改变的滋润。

一罐子美

陈 漠

热娜古丽有一个不算大的饼干盒子，里面盛放着属于自己的东西。她喜欢把这个盒子叫罐子。谁都弄不清这个简单的饼干盒子里究竟盛放着什么！她不允许任何人看，也不会轻易给人看。时间长了，大家也就不把它当回事儿了。

对全家人来说，似乎不让人看这件事本身也成了一件正常事，要是她突然有一天心血来潮让大家看时，反倒成了件新鲜事。

闲来无事时，库尔班喜欢拿这件事逗乐，比如边喝着茶边说："热娜古丽，罐子拿来看一下！"这时，不管热娜古丽是在抄写作业还是抱着花猫对眼睛，她都会一个箭步跳到里屋的炕上，取下箱子上的饼干盒紧紧抱在怀里。

谁要是装出要上前抢着看的样子，她会抱牢饼干盒，吓得大哭，边哭边妈呀妈呀地大喊大叫。

一般情况下，看到她这个样子，大家的逗乐目的就算达到了，谁也不会真的要抢看她的罐子。

一天中午，趁热娜古丽高兴

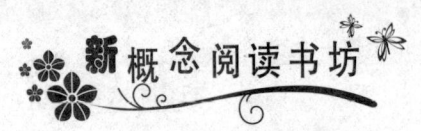

的时候，我忍不住问她："你的罐里装的都是啥？"

她回答说："我不说。"

我再问时，她只说一个字："美。"

我说："你有一罐子美呀！我看一下行不行？"

热娜古丽说得快而坚决："不行。"

离开库尔班家那天下午，热娜古丽到丰收三场小学念书去了。吐拉罕冲我神秘地招手，随后轻手轻脚地从箱子上取下饼干盒，掀开盖子让我看。

我正犹豫这样做好不好——我担心热娜古丽知道这件事后会受到伤害。这时盖子打开了，我所看到的东西令我不知所措。

老实说，我并没看到特别的东西，几片形状不同的胡杨树叶，几枚纽扣，几块橡皮和硬币，一个用旧了的沙包，一个羽毛球，几根铅笔芯，几颗跳棋棋子，几根皮筋和几只蝴蝶标本……

这就是热娜古丽当生命一样看护的东西，是她的百宝箱，是一罐子美!

若不是亲眼所见,你几乎无法相信这一切。被一个10岁的维吾尔族小姑娘如此看重的宝贝,对一个成年人来说,也许看都不愿看一眼。而成年人所津津乐道的重大问题,在热娜古丽看来,也许根本不值得一提。这就是差异或代沟。

站在一罐子美跟前,我惊讶得手足无措。

我多么期望每个人都能保存这样一罐子美呀!

在生命的不同阶段,都有一罐子美。对别人也许一文不值,对自己却贵重得要命。它只属于每个人自己,属于每一颗高尚而质朴的心灵。

一罐子美就是一个人全部的世界啊!

有这样的东西在身边,再远的路程,再大的苦难,也不会害怕了。

我要对你说

文章中的女孩用她美丽而质朴的心灵向我们展现了一个无比美好的童真世界,这个世界也许朴素,也许简单,却闪耀着幸福的光芒,这种幸福会伴随着女孩走向今后美好的人生。

最需要的爱

马 德

那是高三的一次期末考试,那天考的好像是历史。时间过半的时候,我照例到考生中间转了转。转到墙角的时候,我发现一个学生的字写得特别大,而且乱,就俯下身子小声对他说:"把字写小点。一来容易写整齐了,二来在有限的空间内会让你答的内容更翔实、更丰富,不容易丢分。""另外,"我又补充了一句,"这样,到高考的时候,你就会考上一所更好的院校。"说完后,我就回到了讲台上。然而我发现这之后,刚才被我说过的学生很长时间没有答

题,只是低着头不断地摆弄着手里的那支笔。

那场考试很快就过去了,那个学生叫什么我不知道,甚至他长得什么模样我也没有记住。此后,我又教了高一,然后高二、高三一轮一轮地往下走,日子像流水一般消逝着,而上面那件事,也早在我的记忆中烟消云散了。

去年秋末的时候,我莫名地收到一封来自外省某中学的信。打开信,落款是一个陌生的名字。好奇心促使我迅速地浏览起来:

马老师,你还记得几年以前的那场考试吗?那天,我正准备在试卷上随便涂抹几个字就交卷,这时候,你走了过来,要我把字写小点,我其实挺反感别人对我指手画脚的。然而,你后边所说的话,却让我在考场上一直怔着坐了半天,直到考试结束的铃声响起——那是我唯一一场坚持完的考试。实话对你说,当时我是一个学习极差的学生,从来没有一个老师对我寄予过希望,在我的脑海里,也没有一个人对我说过"你能考上"的字眼。你那天所说的"这样,你就会考上一所更好的院校"像一枚石子,在我已死的心湖里掀起波澜。马老师,你知道你的这句话给我的勇气和力量吗?复习的那一年里,我咬紧牙关,从最简单的知识开始学起,第二年,我居然考上了外省的一所师范院校。

更重要的是,你的爱,让现在一样是老师的我懂得

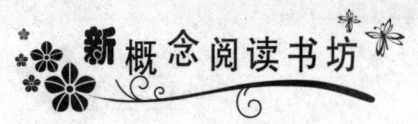

了该什么时候俯下身来，给最需要帮助的学生一次肯定、一个微笑、一个眼神，因为他们的心灵需要这样细小的关怀和爱……

天哪！我哪里知道，多年前我早已忘掉的一句话，竟然给了一个孩子这样的帮助和鼓励。那仅是火柴头大的一点火焰啊，可对于一颗渴望温暖的心灵来说，竟是爱的全部。看来，这个世界没有最大的爱，只有最需要的爱，只要我们肯拿出来，即便这点爱小如米粒或草芥，也总会有一颗最需要的心灵，得到它的呵护和抚慰。

我要对你说

火柴头大的火焰，足以温暖一颗久已冰封的心灵；一股爱的细流，足以滋润久已干涸的情感的心泉。不经意间的付出，竟然在多年之后结出了丰硕的果实，这就爱的力量。

你敢想吗

于玲玲

亨利·福特出生于 1863 年 7 月 30 日,当时正是美国南北战争时期。他的家乡在美国密歇根的农村里,那是一个很平静和缺少帮助的村子。在这种环境下生活,什么都要自己做。

小福特的动手能力非常强,很喜欢做一些小玩意儿,年纪很小时就会修钟表了。后来,亨利·福特在底特律的一家商店里做职员时,晚上就帮人修钟表。生活很穷苦,可是,爱动手动脑的福特并没有被穷苦的生活吓倒,他依然陶醉于新机器的发明。不久,福特不得不回到父亲的农场里帮忙。在那里他常常帮村里的人修理坏了的蒸汽机,还亲手制作了他们家乡的第一台"农场火车",以蒸汽为动力,能行走 12 米。

1888 年,福特结婚了。可是,他并没有忘记自己的事业,他要制造出"无马马车"。有一天他突发奇想,产生了一种要设计一种新型引擎的想法,于是他把这个念头告诉了妻子,妻子鼓励他说:"试试吧,或许能成功。"于是,福特每天下班以后,就悄悄钻进自己家的旧棚子里,着手干这件事。冬天

到了,他的手背冻出了许多紫包,牙齿也在寒风中颤抖不止,但他对自己说:"引擎的事已经有了头绪,再坚持下去就成功了。"1893年,亨利·福特和他的妻子驾着一辆没有马的"马车",在大街上摇晃着前进,街上的人被这种景象吓了一跳,有些胆小者还躲在远处偷偷地观看。但就从这一天起,一个新的工业时代诞生了。不久,福特正式成立了福特汽车公司。

后来,福特又突发奇想,在大家都认为不可能的情况下,他设计并制造出著名的"T"型汽车,获得美国人的青睐,后来还远销全世界。

有时,我们会有这样的感叹,以为机遇总垂青于别人,成功遥不可及。实际上,对于我们所追求的目标,有时候我们连想的勇气都没有,又怎能够谈成功呢?

更多的时候,我们迷失了,活得不知所措。可能就是因为我们一个接着一个地掐灭了亮在内心的许多想法,从而一次次错失了走向成功的机会。从这个意义上讲,敢想,给予我们的不仅是前进的勇气,更重要的是,我们的人生从此有了确定的目标。

亨利·福特因为自己心中的念头而发明了引擎,制造了"T"型汽车,获得事业的成功。他的事迹告诉我们,只要我们心中有梦想,只要坚持不懈地努力奋斗,便一定会成功。

我曾是智障者

［美］弗雷德·爱泼斯坦　袁龙荣　译

至今，那一天还寒气逼人地凸现在我的记忆里：黑板前，我诚惶诚恐地描摹着老师要我写的字，写好退后几步时，同学们的哄笑说明我干的"活儿"糟透了。是什么那么滑稽可笑？我大惑不解。"弗雷德，"老师训诫道，"你把所有的'e'都写反了。"

当我在里弗代尔小学上到二年级时，情况越来越糟：不管多么努力，我都弄不懂简单的算术——甚至连理解二加二也有困难。到底出了什么毛病？

上三年级时，父母忧虑倍增，"弗雷德会落到什么地步？"母亲苦着脸问。我的双亲都是学术界的"高成就者"：父亲约瑟，毕业于耶鲁大学和耶鲁医学院，是著名的精神病学家；母亲莉莲，是精神病社会工作者，获得硕士学位；哥哥西蒙，上学毫无困难，小弟艾布拉姆，也注定要当一名优等生。

而我，却一直是个"差生"。为

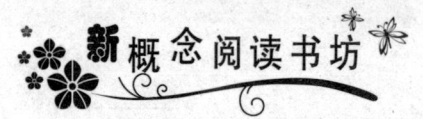

了逃避上学,我经常装病。到五年级时,虽然很不情愿,我开始自认为比别人"笨",然而,老师赫伯特·默菲马上纠正了这一看法。那天课后,他把我叫到一边,递给我交上去的考卷。我窘迫地低下头,每个答案后面都打着叉。

"我知道你懂这些题目,"他说,"为什么我们不再来一次呢?"他叫我坐下,挨个问考卷上的原题,我一一作答。

"答得对!"他微笑着连连说,脸上的光彩在我看来足以照亮全世界。"我知道你其实懂这些题目!"他边说边把每一道题后都打上勾,把分数改成及格。

默菲先生还启发我利用词语间的联系来帮助记忆。例如,从前我每次遇到单词 social(社会的),不知怎么总读不出来,它在我眼里就像凶神一般可怕。"试试用这个办法去记,"默菲先生建议,"假设你有个朋友叫 Al(艾尔),他会修自行车,有一天,你的自行车坏了,'So see Al(于是去找艾尔)'把车修好。

以后你再遇到 social,想一想 So see Al,就知道怎么读了。"这法子真灵!

后来,我甚至放学后都舍不得离开默菲老师——他总是那么耐心、那么会鼓励人。"你很聪明,弗雷德,"一次他告诉我,"我相信你的成绩会好起来的!"然而,我仍感觉在某些方面有难以逾越的障碍。

五年级后,我转到纽约市一所公立学校。新老师肖小姐也看出我学习很费劲,于是她很努力地帮助我。一天，在我花好长时间完成一篇习字练习后，她夸奖我很有进步，建议我拿去给校长看看，她一直是小看我的。好吧！让她也知道弗雷德并不是笨得那么厉害。我兴奋地朝校长室奔去。

不幸的是，女校长误解了肖小姐让我去的意思，对着我的习字簿足足批评了半小时。"你的问题，"她声色俱厉地说，"在于没有努力，并且满不在乎！"天啊！她一点也不知道我多么在乎——并且多么苦恼。

回来后，我没有把事实真相告诉肖小姐，我太难堪，也太沮丧了！

但是在家里，我却与众不同。我从没人能比得上的技巧里得到了力量：超常的记忆力——我能清楚地说出三四个星期以前全家吃的饭菜和当时的天气。上初中时，我在学校里也露了一次脸——全文背出了林肯的葛底斯堡演讲词。这是怎么回事儿？为什么我在这种事上这么拿手，而在另外的事上又那么糟糕？我百思不解。

这个阶段给我巨大帮助的是洛蒂姨妈——我母亲的妹妹。她是一位小学低年级教师，善良、耐心，乐于帮助学习有困难的孩子。上初中时，每逢周末，我都要骑三公里的自行车到她的家，饭后，她让我在餐桌旁坐下，不厌其烦地辅导我。"不要着急，"不顺利时她总是安慰我，"咱们明天再试，你会通过的！"

我的字写得乱七八糟的，因此，洛蒂姨妈常常先检查我上周的作业，如果她不能赞扬我的书写，至少也要赞扬一下书写后面的内容，"那个想法太妙了！"她总是说，"让我们把它再写一遍！"——随后是拥抱、小饼干和姜汁啤酒。

慢慢地，我获得了几项小成功：练出了一副好嗓子，被选拔参加学校演出；因为记性好，语文课上背诵诗词独占鳌头；特别是理化成绩不错，这使我平生第一次萌生梦想——将来学医，像父亲一样当精神病研究专家，如果这一步实现，还要研究太空，争取飞到月球上去。然而，

每项成功总是伴随着新的挫折：此处进，彼处退。这使我对自己更迷惑不解了。

上十年级前，我按父母的意见转到了霍尔斯特德中学——一所专门教学习困难的孩子的私立中学。在该校我第一次成为"尖子"学生，被推举为学生会主席和校足球队队长。毕业那年，作为"最佳中学生运动员"，我还获得一个挺大的奖杯。

霍尔斯特德中学女校长写了封热情洋溢的推荐信给麻州布兰迪大学沃尔沃姆分校管招生的副校长，我被录取了。但是，该校崇尚竞争，在一大堆学习能力极强的同学中间，我的成绩和自我价值感直线下降。我奋力支撑了两年，最后决定转到纽约大学读三四年级。

一次重要的有机化学考试后，成绩被张榜公布出来——我没有及格，沮丧至极。"只有过这一关才能进医学院！"一位朋友告诉我，他勉励我下决心把这门课攻下来。于是，我请了私人辅导教师，努力使这门课赢得了 C＋，继续读到毕业。

我知道凭我的成绩进医学院不容易。果然，我被一个又一个学院拒绝了。"你不适宜学医。"一所有名的医学院的院长告诉我，"你的学业成绩说明你的情绪不稳定。"（他是指我的各门课的分数悬殊很大）但是，我知道自己的情绪稳定，只是在某些学科的学习上有障碍而已。最后，在父母帮助下，我进了纽约医学院。"学习将是十分艰苦的，"父亲警告我，"不过我相信你能成功！"

我热爱这一行。第三年，当进入实习阶段，转到神经外科时，我目睹了受脉管畸形和恶性肿瘤折磨的病人因外科大夫的医术和关心而康复，我明白自己找到了在生活中的位置。更重要的因素是孩子们——他们的天真、脆弱，以及眼神中对疾病的恐惧和对医生的期盼都深深打动了我。于是，在实习后期，我毅然选择了儿童神经外科作为专攻领域。

1963年春，我们在学院的卡内基大厅举行毕业典礼。当我上台领取学位证书时，我看到了母亲和洛蒂姨妈眼中闪动的泪花，以及父亲微笑的脸上露出的骄傲。我一一拥抱他们，在他们的支持下，我成功了。然而，为什么要费比常人多几倍的劲对我来说仍然是个谜。

20年后，我和妻子坐在一位心理学家的办公桌前，讨论10岁女儿艾莱娜的问题，心理学家肯定她的智商很低——与我当年一模一样。当对艾莱娜的全面检测结束时，心理学家告诉我们她有"严重的学习障碍"，专家的一番话使我茅塞顿开。

他说："每年被检查和确诊为患此症的学龄儿童占5%～10%，他们的智力在中等以上，但他们在四个学习阶段——抄写、分析、记忆和语言表达的某一个或某几个阶段有困难。更糟的是'学习障碍'问题常常被忽视，也很难确诊，导致许多这样的孩子被误以为懒惰、情绪不稳甚至愚钝。"

他的分析恰似一道强光驱散了我童年生活的那团迷雾。我告诉妻子："现在我知道什么东西在找艾莱娜的麻烦了——也明白了当年我为什么学得那么吃力。"

那是10年前的事了。今天，教育学家们通过深入研究，在诊断学习障碍和教给孩子怎样补偿缺陷方面已变得更有经验，从而使许多这样的孩子能有效地冲破障碍。我女儿艾莱娜目前在西拉丘斯大学读三年级，名列该校定期公布的优等生名册，被认为是难得的学医

35

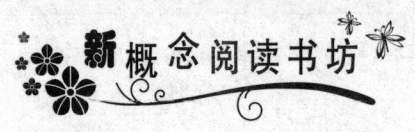

之才。

岁月荏苒，使我与许多帮助我走过崎岖路程的老师和朋友们失去了联系。去年，当我的书《献给时代的礼物》出版时，我特地寄了一本给启蒙恩师赫伯特·默菲——他已经退休，现住北卡罗莱纳州。在扉页上我写道："献给默菲先生：您是我终生爱戴的老师。我忘不了，当我在里弗代尔小学读书最吃力的时候您怎样以爱心待我，我将永远把您铭记在心。"

我要对你说

为自卑的心灵注入一股清泉，给阴霾的生活添一缕阳光，给每一颗种子发芽的机会，不管它是饱满还是干瘪……老师与亲人的帮助让弗雷德的成长之路除了艰辛以外，也演绎了无数的神奇与美好。

最凶险的时刻

梁衍军

身为警察的他身经百战,受过歹徒的枪击,那张坚毅的脸上写着的是二十多年的公安生活。

此刻的他就坐在镜头前,平静、随和,听到嘉宾有趣的话,还会腼腆地笑笑。

有位在场的观众问他:"我看过你的报道,你空手和歹徒搏斗过,也真枪实弹和歹徒对峙过,据说现在你身上的枪伤有5处,请问哪一次战斗最凶险,最让你刻骨铭心?"

他歪了一下头,平静地说:"那是我的工作,等我冲上去了,就不会感觉到什么危险。如果有,那么也许就是那一次吧。5年前,我女儿5岁。女儿是5月4号出生的,那天正好我休假,我带女儿到公园玩。公园有很多游客,气氛很好,没觉得有什么两样。女儿玩着玩着就走远了,但我还是用眼睛跟着她。就在此时,我看到一个中年男子从我眼前走过,那人还朝我扫了一眼。我心里就'咯噔'

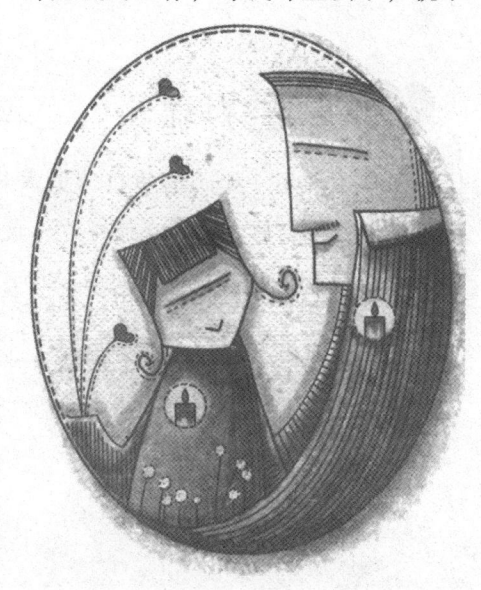

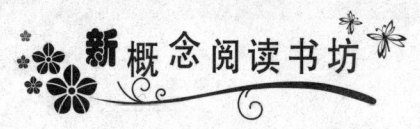

一下,出于职业敏感,我觉得这个人似曾相识,但又想不起来在哪儿见过。"

"我看到那个男人径直朝我女儿走去,我猛然惊觉,这个人像极了多年前我主办的一起案子的嫌疑分子。"

"我的第一个直觉就是他认识我女儿,他想挟持我女儿报复我。那一刻我的心咚咚的狂跳起来。我站起身,想冲上前去,但看到他就站在我女儿身边,朝我这边看。我竟然跨不出步来,也喊不出声。"

"但奇怪的是,那人站了一会儿,又走远了。"

"我再一想,就哑然失笑了。当年那个嫌疑分子早已归案,那个中年男子不过长得和他很像罢了。"

"这就是我从事警察工作以来第一次感到最为凶险的时刻,一直记忆犹新。"

他说罢,许多观众都报以热烈的掌声。电视机前的我,为一位人民警察,也为一位好父亲差点流泪。

无论是工作还是生活,父亲最关心的永远是他最疼爱的孩子。即使有一天我们不在他身边,我们依然会感到浓浓的父爱真切地包围着我们。身为子女的我们,又如何能回报这重如泰山、细如丝绵的父爱呢?

会飞的猪

潘 炫

有一头生活在山谷里的小猪,在面对四周侧立千尺的大山时,总想知道山那边是什么,于是他问飞过头顶的小鸟,问吹过脸旁的风,它得到的答案如出一辙:等你长了翅膀,飞过山那边看看不就知道了吗?

故事到这儿就完了,后来呢?后来没有人知道,至少被"涛之声"广告公司同时录用的几个人中,是没有人知道的。这个故事是我们的顶头上司安总给我们上的第一堂课。我一直搞不明白安总讲这个故事是何用意,和我一同应聘进来的死党阿良就敲我的脑袋说:"他的意思是说你是一头猪。"说完他就哈哈大笑起来。

"涛之声"在这座海滨城市的广告界中占有半壁江山的地位,从文化路一头到另一头有10公里,每当夜幕降临,次第亮起的灯箱上,除了"涛之声"三个字,你绝对看不到任何其他公司的名字。灯箱设计也别具一格,是立体动感的惊涛拍岸的画面,走近细听,涛声入耳,煞是壮观。

能来这家广告公司,我感到扬眉吐气。我和阿良都是学设计的,但每天仍和其他同事一起为广告而四处奔走。安总曾说:"那个口口声声说不做总统就做广告人的家伙来了,拉不成广告就得另谋高就。这就是'涛之声'的用人之策,连广告都拉不来,还做什么广告人。"

两个月后,我们业务四部在全公司八个业务部室中排了倒数第二,安总为此开了一个专题会议。会议倒是很有趣,安总没有大动肝火,相

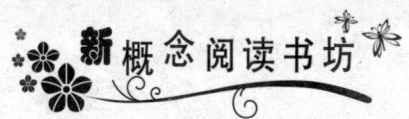

反,他笑嘻嘻地说了两句话。第一句是:"下个月,咱们争取拿个第一。"我们悬在半空的心这才落了下来,可心还没放安稳,他又说了第二句话:"倒数第一。"

真佩服安总,不多一语,不着一迹,却让我们感到芒刺在背。开完会的第二天下午,我回到办公室,只有安总一人在。我的屁股还没坐稳,公司总经理章总就径直进了我们办公室,对着安总一通歇斯底里:"谁让你们自作主张给'迪迪乐园'的广告报价那么高,而且巨幅广告牌还计划设在郊区山根前,明白人都看得出那个牌子的设立是在浪费客户的钱……"

我偷偷瞥了安总一眼,平常那么成竹在胸、左右逢源的他也无措起来。没等安总作任何解释,章总就气急败坏地甩手而去,丢下一句:"谁拉的广告让他立刻来我办公室作个交代,简直是胡闹,业务额没完成也不能狗急跳墙。"

安总掏出烟,默默点上。听说,其他部室几个业绩不错的同事对安总的位置虎视眈眈了很久,安总的业绩又比其他几个部室经理稍逊一筹。刚刚在郊区投资兴建的"迪迪乐园"是一个大客户,安总在投资商有投资意向的前半年就四处奔走,可能那是他孤注一掷的赌注。

见到"迪迪乐园"的孙总,他大手一挥下了逐客令。我脑袋上淌出了汗珠,但仍寸步不让,"孙总,广告价格还有商量的余地,之所以报价不菲,是因为我们的宣传方式出乎您的所料……"还没有说完,他就生硬地打断我:"是出乎我的所料,把广告牌从繁华的市区挪到郊区山根前,你们节约了投入,可我还要付更昂贵的广告费,当我是三岁小孩吗?"

我语塞。突然想到来"涛之声"报到当天安总讲的那个故事,再联想到"迪迪乐园"选址在郊区那座山外,一个大胆的计划应运而生。我自信地微笑着对孙总不卑不亢地说:"我们是这样策划的,将从市里繁华路段开始的灯箱和广告画面设计成各式各样憨憨可爱的奔跑的小猪。当然,孩子们喜欢的小动物还有很多,但用小猪当主角,正是我们有创意的表现。因为,各种奔跑的小猪一路"跑"到郊区的山根前,这时巨幅广告牌凌空而起——画面是一座看似高不可攀的大山,山前,一只长了翅膀的小猪飞了起来,要飞过山那边去的样子,用一句话做旁白:山那边是什么呢?"

孙总怔了片刻,随之笑声朗朗,我知道我成功了。

在安总随之召开的表彰大会上,他说:"这个世界上,真的有会飞的小猪。"

其实,在社会上我们总要面对一个个山一样的困难,我们就好像是一头笨笨的猪,如果没有一双翅膀,那就从现在开始面对山,要么把山推倒,要么用步子跨过去。

人的一生总要面对各式各样的困难,在困难面前,幻想不能解决任何问题,就好像猪不会真的长出翅膀。那么就只剩下一种办法了——把困难踩在脚下!

信封里的跳蚤

图霍尔斯基

在加特省，不错，就是有尼姆和加特高架水渠的法国南部，有一个邮局，那儿的邮差是一位老小姐，她有一个不好的习惯：私拆他人信件。这件事人人都知道。在法国，许多地方都是这样，如门房、邮电局，这些都是被神圣化了的机构，人们可以谈论它们，但是不允许触动它们，因此从没有人敢这么做。

那个老小姐看了信，把内容泄露出去，给人们带来种种苦恼。

在加特省的一座漂亮的城堡里，住着一位聪明的伯爵。在法国，伯爵往往都很聪明。有一天，这位伯爵做了一件事，他邀请了一位法庭执

事到他的城堡里来，当着他的面给一位朋友写了一封信：

　　亲爱的朋友，我知道，邮局的艾米丽·杜邦小姐长期拆看我们的信件，因为她心里充满了好奇。为了让她停止这种恶劣行为，我在寄给你的书信里夹了一只活的跳蚤。

考克斯伯爵当着法庭执事的面封上了这封信，然而他并没有往信封里放跳蚤。

但是，当这封信到他朋友手里时，里面却多了一只跳蚤。

我要对你说

　　智者懂得用智慧去说谎，愚者只会用蠢行去圆谎。文中一个智慧的骗局揭露了邮差的恶行，从中使人们认识到，也许在愚人的字典里，智慧就是最大的愚昧，但在智者的信条中，智慧永远强于愚蠢，正义终将战胜邪恶。

丁肇中的"不知道"

周士君

前不久央视的《东方之子》栏目对诺贝尔物理学奖获得者丁肇中进行了一次专访,丁教授面对记者紧追不舍的一个简单问题,连续几个"不知道",令人感慨。

记者提的是这样一个问题:"我感觉您对自己每一个人生阶段都有很明确的选择。比方说小时候对科学感兴趣;大学的时候,就确定了要研究物理;然后每做一个实验都是力排众议,自己坚持下来。一个人怎么能够每一次选择都这么坚定和正确呢?"这位记者想要获得的答案谁心里都明白,因为在已经太多的名人访谈中,这样的问题显然都是为对方作秀进行的铺垫。然而,丁肇中的回答却是:"不知道,可能比较侥幸吧!"

记者不死心,又追问道:"在这里面没有必然吗?"丁肇中依然回答:"那我就不知道了。"记者还是不死心:"怎么才能让自己今天的选择在日后想起来不会后悔?"丁肇中依然回答:"因为我还没有后悔过,所以我真的不知

道。"记者无奈："我发现在咱们谈话过程中，您说的最多的一个词就是'不知道'。"丁肇中这次作了正面回答："是！不知道的，你是绝对不能说'知道'，我们那里这是绝对不允许的。知道就是知道，不知道的你不要猜。"

丁肇中的严谨态度，的确是到了常人不能理解的地步，然而，这就是作为科学大家的丁肇中，他认为不知道的就一定要回答"不知道"。

我要对你说

不受外在因素影响，坚持自己的主见，是成功者的必备素质。这些单靠掌握足够的知识是不够的，还需要有严谨的态度，丁肇中的"不知道"就是对"知之为知之，不知为不知"的最好诠释。

当你踩到了紫罗兰的心

朱成玉

在那个城市里,他是一个威风八面的人,不管黑道还是白道,人人都敬重他,没有人敢对他有半点儿不敬。

生意场上,他飞扬跋扈,独断专行;但在生活中,却是个很绅士的人。每天开车回家,在小区的停车点上,不管多忙,他都会耐心地把车子多倒几下,直到不能再靠里了。停车点很狭窄,他来来回回要多费上几分钟,"经常看到别人的车子没地方停,所以我不能占着两个车位。"他说他这样做,就是为了要给别人留个停车的位置。

还有一次,他的所作所为更是让我们对他心生敬意。

那天,他慢慢地开着车子,看到路边有一对年轻的恋人在闹别扭,男孩低声下气地向女孩道歉,女孩却始终不肯给男孩好脸色看。男孩就那么一直耐心地赔着笑脸。他路过他们身边的时候,好奇心驱使他本能地放慢了车速。没想到那男孩忽然变了一副样子,大声地向他吼道:"看什么看?快点走开。"他先是一愣,很久没有人敢这样没礼貌地和他说话了，但他没有生气，也没有把车子开走，继续在他们边上慢慢行进。那男孩生气了，挥起拳头猛砸了一下被他娇生惯养着的爱车的"腮帮"，车子发出巨大的声响，停住了。男孩继续不依不饶，对他吼道，"再不走开，我可不客气了。"一副十足的古惑仔模样。让人意想不到的是，他竟然向那个男孩谦卑地笑了一下，唯唯诺诺地说着一些道歉的话，然后慢慢地把车子开走了。在倒车镜里，他看到那个男孩很神气地对那个女孩比画着什么，而那个女孩似乎也不再和他生气，两个人手挽着手离开了。他对我们解释说，他之所以这样做，是因为他觉得，降低一下自己，便可以成全别人。他只想给那个男孩一个表现自己的机会，让他在女孩的心中变得高大勇敢。

我们和他开玩笑说，在生意场上你那么霸道，到了生活里，怎么就成了"软蛋"了呢？他便给我们讲了他年轻时候的一件事。那时候的他，血气方刚，什么事情都喜欢用武力解决。有一次，一个社会上的小混混得罪了他，他找到了那个小混混的家，狠狠地教训了他一顿。小混混的老父亲赶回来，死死地护着，不许他再动他的儿子一根汗毛。派出所的人来调节，问老人家有什么赔偿请求。他的心里七上八下，心想他肯定会"狮子大开口"，漫天要价了。让他没想到的是，老人非但没提任何要求，还真诚地对他说："谢谢你替我教训了我这不争气的儿子，

让他知道,这就是当一个不务正业、游手好闲的小混混的下场。"他愣怔在那里,羞愧难当。多少人打他都没让他低过头,但那天,他恨不得把头低到地上。

纪伯伦说:"一个伟大的人有两颗心:一颗心流血,一颗心宽容。"人与人的纠葛,物与物的碰撞,突如其来的意外变故,这一切都使社会显得那么狭小,生活变得那么拥挤,每个人都会在着急赶路的时候不可避免地制造一些伤害,不是碰伤自己就是割伤别人,这个时候,就需要我们宽容生活,宽容会让我们的心开出无比美丽的花朵。

当你踩到了紫罗兰的心,它却把芳香留在你的脚下,这是紫罗兰的宽容。宽容生活,实质是为了更好地生活。我们以善意的客观的态度理解着生活的一切内涵,我们也就发现了生活为我们展示的所有良好机遇。给心一份轻松,自由去做我们该做的一切;给生活一个广阔的空间,使生活在我们的创造下变得更加美好。

所以,若要活出人生的精彩,品悟人生的美好,请时刻以善良为圆心,宽容为半径,它们会为你画出一个圆满的人生。

是的,每个人都有两颗心,一颗心流血,一颗心宽容。我们若无法避免前进时的种种伤害,那就学会宽容吧!以善良为圆心,以宽容为半径,画一个圆满的人生。

嫉　妒

周国平

嫉妒往往包含功利的计较。即使对某些精神价值，嫉妒者所看重的也只是它们可能给拥有者带来的实际好处，例如，学问和才华带来的名利。嫉贤妒能的实质是嫉名妒利，一辈子怀才不遇的倒霉蛋是不会有人去嫉妒的。

有些精神价值，例如智慧的德行，由于它们无涉功利，所以不易招妒。我是说真正的智慧和德行，沽名钓誉的巧智伪善不在其列。哲人和圣徒生活在自己的精神世界里，俗人与这个世界无缘，所以无从嫉妒。

超脱者因其恬淡于名利而远离了嫉妒——既不妒人，也不招妒，万一被妒也不在乎，如果在乎，说明还是太牵挂名利，并不超脱。

嫉妒发生之可能，与时间和空间的距离成反比。我们极容易嫉妒近在眼前的人，但不会嫉妒古人或遥远的陌生人。一个渴望往上爬的小职员并不嫉妒某个美国人一夜之间登上了总统宝座，

对他的同事晋升科长却耿耿于怀了。一个财迷并不嫉妒世上许多亿万富翁,见他的邻居发了小财却寝食不安了。一个爱出风头的作家并不嫉妒曹雪芹和莎士比亚,因他的朋友一举成名却愤愤不平了。

由于嫉妒的这一距离法则,成功者往往容易遭到他的同事、熟人乃至朋友的贬损,而在这个圈子之外却获得了承认,所谓"墙内开花墙外香"遂成普遍现象。

对不如己者的成功,我们不服气,认为他受之有愧。对胜于己者的成功,我们也不服气,必欲找出他身上不如己的弱点,以证明他受之并非完全无愧。这样的弱点总能找到的,因为我们怎会承认别人在一切方面都胜于己呢?我们实在太看重成功了,以至于很难欣然接受别人成功的事实。

如果我们真正看重事情的实质而非成功的表象,那么,正好应该相反:对于不如己者的成功,我们不必嫉妒,因为他徒有虚名;对于胜于己者的成功,我们不该嫉妒,因为他确有实力。如果他虚实参半呢?那就让他徒有其虚和确有其实好了,我们对前者不必嫉妒,对后者不该嫉妒,反正是无须嫉妒。

嫉妒基于竞争。领域相异,不成竞争,不易有嫉妒。所以,文人不嫉妒名角走红,演员不嫉妒巨商暴富。当然,如果这文人骨子里是演员,这演员骨子里是商人,他们又会嫉妒名角巨商,渴望走红暴富,因为都在名利场上,有了共同领域。

在同一领域内,人对于远不及己者和远胜于己者也不易有嫉妒,因为水平悬殊,构不成竞争。嫉妒最易发生在水平相当的人之间,他们之间最易较劲。当然，上智和下愚究属少数，多数人挤在中游，所以嫉妒仍是普遍的。

伟大的成功者不易嫉妒，因为他远远超出一般人，找不到足以同他竞争、值得他嫉妒的对手。

悟者比伟大的成功者更不易嫉妒，因为他懂得人生的限度，这时候他几乎像一位神一样俯视人类，而在神的眼里，

人类有什么成功伟大得足以使他嫉妒呢？一个看破了一切成功之限度的人是不会夸耀自己的成功，也不会嫉妒他人的成功的。

对于一颗高傲的心来说，莫人的屈辱不是遭人嫉妒，而是嫉妒别人，因为这种情绪向他暴露了一个他最不愿承认的事实：他自卑了。

对于别人的成功，我们在两种情形下愿意宽容。一种是当这种成功是我们既有能力也有机会获得的，而我们却并不想去获得，这时我们仿佛站在这种成功之上，有了一种优越感。另一种是当这种成功是我们既没有能力也没有机会获得的，我们因此也就不会想去获得，这时我们仿佛站得离这种成功太远，有了一种淡漠感。

倘若别人的成功是我们有能力却没有机会获得的，或者有机会却没有能力获得的，我们当警惕，因为嫉妒这个恶魔要乘虚而入了。

嫉妒的发生基于一种我们认为不公平的对比。对于我们既有能力也有机会获得的成功，我们不会嫉妒，因为它唾手可得。对于我们既无能力也无机会获得的成功，我们也不易嫉妒，因为它高不可攀。当一种成功是我们有能力而无机会获得的，或有机会而无能力获得的，我们就最容易感到嫉妒。

既然嫉妒人皆难免，也许就不宜把它看作病或者恶，而应该看作中性的东西。只有当它伤害自己时，它才是病。只有当它伤害别人时，它才是恶。

鉴于嫉妒是一种很不优雅的感情，我们一般都不愿意向人袒露自己的嫉妒之情，但这不妨碍我们优雅地讨论这个问题。嫉妒有权作为一个人生话题得到讨论，是因为它在人类心理中的普遍性，也是因为也许人生智慧能够最有效地消解它。我们不妨从哲学、心理学、社会学等角度讨论嫉妒的特征、根源、规律以及克服方法。伦理学可能是最不合适的角度，因为我们能对一种行为而不能对一种心理做道德判断。

我要对你说

心胸宽广时，嫉妒会成为竞争奋进的动力。心胸狭窄时，嫉妒就会膨胀成为人心所驾驭不了的力量，它会腐蚀你的头脑、心灵，毒害他人的身体，成为害人害己的毒药。

改变一生的邂逅

刘 平

如果一个人，在适当的时候和地方因为一句话而改变了他的人生历程，你会感到惊异和不可思议吗？然而这的确是千真万确的，它就发生在我14岁那年。那时，我正在从得克萨斯州的休斯敦，经由爱坡索市前往加利福尼亚州去的旅途中。日出即行，日落即息，痴痴地追寻着我的梦想。我本来在读高中，也许我天生就不是读书的材料，因此我不得不中途辍学。随即我决心要到世界最大的海上去冲浪，先准备到加利福

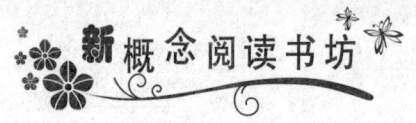

尼亚州，再到夏威夷，然后准备就在那里住下来。

在刚进入爱坡索市区的时候，我看到有一个老头，一个流浪者，坐在街道的拐角处。他看见了走路的我，当我就要从他的旁边走过去时，他拦住了我，并开口向我发问。他问我是不是偷着从家里跑出来的，我想他这么问我一定是看我太年轻，觉得我太嫩的缘故。"不完全是，先生。"因为是我爸爸开车把我送到休斯敦的高速公路上的，他还一边为我祝福，一边说："儿子，追寻你的梦想和心中的憧憬非常重要。"

然后那个流浪者问我他能请我喝咖啡吗，我回答说："不，先生，一杯汽水就可以了。"

于是，我们走进街道拐角处的一家酒吧，坐在转椅上，喝着饮料。

在闲聊了几分钟后，这个和蔼可亲的老流浪汉要我跟他走。他告诉我说他有一样东西给我看，要与我分享。我们走过了几个街区，来到了爱坡索市的公立图书馆。

我们沿着它前面的台阶向上走，在一处小小的咨询台前停了下来。老流浪汉向一位笑容可掬的老太太说了几句话，并问她是否愿意在他和我进图书馆时帮忙照看一下我的行李。我把行李放在那位老奶奶那里，走进了那座宏伟的学习殿堂。

老流浪汉先把我带到一张桌子前，让我坐下来稍等片刻，而他则到那些林立的书架中去寻找那个特别重要的东西去了。不一会儿，他腋下夹着几本旧书回来了。他把书放到桌子上，然后就在我的身边坐了下来，打开了话匣子，出口不凡，话语非常特别，以致改变了我的一生。他说："年轻人，我想教你两件事：第一，切记不要从封面

来判断一本书的好坏,因为封面有时也会蒙骗你。"他接着说道,"我敢打赌,你一定认为我是个老流浪汉,是不是年轻人?"

我说:"嗯,是的,先生,我想是的。"

"嗯,年轻人,我要给你一个小惊喜:其实我是这个世界上最富有的人之一,人们梦寐以求的任何东西我几乎都有。我最初从美国东北部来,凡是金钱能买到的东西,我全都有。但是一年前,我妻子死了,愿上帝保佑她的在天之灵,从那以后,我开始深刻地反思人生的意义。我意识到,生活中有些东西我还没有体验过,其中之一就是做一个沿街乞讨的流浪汉。于是我对自己发誓,要像流浪汉一样活一年。在过去的一年里,我从一个城市流浪到另一个城市,就像流浪汉一样生活。所以,你看,切记不要从封面来判断一本书的好坏,因为封面有时也会蒙骗你。

"第二,我的孩子,是要学会如何读书。因为这个世界上只有一种东西是别人无法从你的身上拿走的,那,就是你的智慧!"说到这,他俯身向着我,抓住我的右手放在他从书架中找到的书上。那是柏拉图和亚里士多德的著作——从古至今已经流传了几千年的不朽的经典。

一次语重心长的教诲,可以让一个人看清前进的方向;一次偶然的邂逅能够改变一个人一生的命运。文中的"我"与老者的邂逅告诉了我们一个深刻的道理:最富有的人不是拥有金钱而是拥有智慧。

拥你入怀

黄孝阳

她病了，去医院诊断，是绝症。

医生要她务必及时入院治疗，否则顶多只能再活一年。她拒绝了。那笔庞大的治疗费足以压垮大多数中国家庭，更何况她还是一名单身母亲，一个月只挣800元钱。

她的女儿才8岁，念小学二年级，很聪明，读书也用功，上学期还拿了三好学生奖状，得了几支圆珠笔与一大摞作业本。

她回了家，女儿还未放学。她泪流满面。家里穷，相片还是女儿周岁时照的。那时女儿的父亲还在南方做生意，可一场突如其来的灾祸不仅埋葬了他，还在她肩上添了一大笔债务。这些年，她与女儿相依为命。富在深山有远亲，穷在闹市无人问。她也算尝透了人情冷暖。

如今，她要走了，女儿还能指望谁？

她抹掉眼泪，出了门。寒风凛凛，像一把三棱尖刀捅入

喉咙，并在里面搅了搅。她吐出一口痰，痰里有血，腥的。她买很多菜，拎回家，做了满满一桌子好吃的，有鱼有肉，还有女儿最喜欢吃的小鸡炖蘑菇。女儿回来了，兴奋得大叫，忙问今天是什么好日子。

她心如刀绞，坐下来，不停地为女儿夹菜。女儿吃得很开心，没有注意到隐藏在她眼角的泪。

这天晚上，她早早上床，把女儿搂入怀里，使劲儿地亲吻女儿的额头。她紧闭门窗，旋开了煤气阀。这种死法应该是最安静的吧。她默默想着，就听见女儿喊她："妈妈，妈妈。"

"怎么了？"她问。

"妈妈，我今天考试了，语文、数学都是100分。"女儿得意地说。

"真乖。"她差点出声。

"妈妈，你上次说我考了100分，你就答应我一个愿望。"女儿仰起脸，一双眼睛因为期待而闪闪发亮。女儿噘起小嘴，"妈妈，你不会要赖吧？"

"妈妈不要赖。"她用枕巾挡住女儿的视线，并把枕巾一角塞入喉咙，身子痉挛。她已经无法控制泪水。这种液体似乎能烫伤人，脸上火辣辣的。

"那你以后再也不准哭，好吗？"女儿的声音毫不迟疑。

"妈妈不哭。"她急急忙忙地用枕巾拭泪。

新概念阅读书坊

"还有，妈妈，如果你实在想哭，忍不住，那也请等我长到能把你搂入怀里时再哭好吗?"女儿小声说道。

"好的，妈妈一定做到。"她哇的一下哭出声。她松开女儿，下床，关了煤气，打开了窗子。

我要对你说

疾病、苦难、贫穷似乎是我们的"敌人"，但是只要我们心中有爱，还有我们爱的人和爱我们的人，任何"敌人"都不能打垮我们的意志，因为那立在我们心中的防御长城，是用爱筑成的，是可以战胜所有"敌人"的。

人生美好在于相处

若风尘

2003年7月29日,40岁的意大利洞穴专家毛里奇·蒙塔尔只身到意大利中部内洛山的一个地下溶洞里,开始长达1年的命名为"先锋地下实验室"的活动。

"先锋地下实验室"设在溶洞内的一个68平方米的帐篷内,里面除配备有科学试验用的仪器设备外,还设有起居室、卫生间、工作间和一个小小的植物园。在洞外山顶上的控制室里,研究人员通过闭路电视系统观察蒙塔尔一个人在长期孤独生活的情况下生理方面会产生哪些变化。

在二千多米深的溶洞里,周围死一般的寂静,刚开始的20天左右,由于寂寞与孤独,蒙塔尔曾感到害怕,怀疑能否坚持到底,但是后来还是顶住了。他给果树和蔬菜浇水,看书,写作或看录像。一年中,他吸了380盒香烟,看了100部录像片。实验室内还备有一辆健身自行车,他共骑了一千六百多公里。

度过了1年多暗无天日的地

下生活后，蒙塔尔于2004年8月1日重见天日。这时，他的体重下降了21公斤，脸色苍白而瘦削，人也显得憔悴，免疫系统功能降到最低点；如果两人同时向他提问，他的大脑就会乱；他变得情绪低落，不善与人交谈。虽然他渴望与人相处，希望热闹，但他的确已丧失了交际能力。

蒙塔尔说：在洞穴里度过了1年，才知道人只有与人在一起的时候，才能享受到作为一个人的全部快乐。过去，我是一个喜欢安静的人，常常倾向于独处。现在，让我在安静与热闹之间选择，那我宁可选择热闹，而不要孤寂。我之所以在洞穴中坚持了1年，只是为了搞科学试验。我丧失了许多与人交往的能力，这需要在今后的生活中重新纠正。但我不后悔，因为这场实验使我明白了一个人生的奥秘：生活的美好在于与人相处。

我要对你说

人是社会性动物，不能脱离社会而存在，而社会上的主要关系是人与人之间的关系。人生的美好在于与人相处，敞开心扉，开怀畅谈，或扫除心中的不悦，或把欢乐同享，或探求知识的真谛，懂得体会此中相处的美妙，人生才会绽放光彩。

考 题

刘红杰

我的一位老师给我讲了一个故事。

他说——

我做了整整25年的中学老师，到现在还记得我开始做中学老师的那一年。我一毕业，就进了一所明星中学教数学，学生因为是精选出来的，所以很少有功课不好的，随便我怎么出题，都考不住他们。可是，我忽然注意到班上有一位同学上课似乎非常心不在焉，老是对着天花板发呆。期中考试，他的数学只考了15分，太奇怪了，全班就只有他不及格。而且，分数如此之差。

有一天，放学之后，我请他和我谈谈。他一再说他上课听不懂我讲什么，我却觉得他不用功，因此我就威胁要去找他家长。他立刻紧张起来，他说他5岁时父亲生病去世，母亲改嫁给一个富人，没有带他去。他一个人和祖母一起住，经济状况还好。可是祖母年纪大了，话都说不清楚，也不认识字。如果知道他功课不好，

一定会非常伤心的。他被我逼急了，忽然问我："老师，难道你以为我骗你？难道我会做的题目，却假装不会做？"我被问得哑口无言，除了鼓励他以后上课要用功一点以外，还愿意替他补习数学。这位学生一开始还不大愿意接受我的义务家教，可是由于我的坚持，他只好晚上乖乖地在我的督导下做习题。几周以后他终于赶上了进度，考得越来越好。

两个月后，我就不管他了。这位学生慢慢地和我愈来愈亲密。当时我们夫妻两人没有小孩，我爱人了解到这个孩子的情况后，就叫他来家吃饭。他有什么事情，一定会找我商量，包括一些人生规划、事业选择的问题。他考大学也算顺利，去大学报到前还向我辞行，可是第三天，我收到他的信，信的内容让我吃了一惊。

老师：

　　请原谅我骗了你一次。当年我功课忽然一落千丈，是我故意的。

　　我一直没有爸爸，也想有个爸爸，这样，如果有什么问题，我好问问他，因此我心生一计，我发现我的英语老师、语文老师和数学老师都是男老师，我决定假装功课很差，看看他们反应如何。

　　我的英语老师对我的成绩完全无动于衷，他将考卷还给我的时候，一点表情也没有；我的语文老师将我臭骂了一顿，他说他最痛恨不用功的学生，他罚我站了一个小时；唯一关心我的就是你，你不但一再问我原因，还替我补习。

  我完全没有想到你会免费当我的家教老师。最令我感动的人，其实是师母。她对我的关心，我永远也忘不了。师母第一次请我去吃饭那天，正好有寒流，我没有穿夹克。师母一看到我衣服单薄，立刻"押"我去附近的冬衣地摊，替我选了一件厚夹克，我知道我找到爸爸妈妈了。你对人诚恳，我也因此尽量对人诚恳，这些都是你所不知道的事。我在此请你原谅我，我当年骗你，实在是迫不得已，我的确需要一个好爸爸，难得你对我关怀，我从此凡事都有人可以商量。由于你在我功课不好的时候没有放弃我，你是我一生中对我影响最大的人。

  祝

   教安！

   顺利！

骗你的学生　刘某某

  这封信让我出了一身冷汗，我们做老师的一天到晚考学生，却很少想到学生也在考我们。我的那位学生出了一个考题，显然是要我通过这场考试。从此以后我特别注意落后的学生，无论他们的资质如何，我都不轻言放弃，总会尽量地帮助他们，使他们能学多少学多少。这么多年

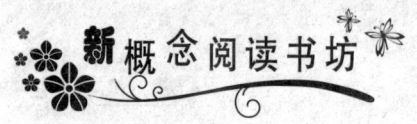

来，我教了不知多少功课不好的学生，有几位大器晚成，还得到了硕士学位。骗我的那位学生的事业很成功，一直和我保持着密切的联系。我要告诉他，我才应该谢谢他，他改变了我的一生。他是我一生中对我影响最大的人。

我看着对面这位花白头发的老人，一脸慈祥幸福的笑容。他在告诉我怎样在人生的考场上答题。而我，也是当年的一名差学生。

我要对你说

人生会面对很多考题，人们时常在不知不觉中经受着各种考题的检验，当然总考学生的老师也会遇到，考题不仅有知识上的还会有道德上的。作为人类灵魂的工程师，老师的责任不仅仅在于塑造学生的外在知识结构，更在于塑造学生的内在精神品质。

问题所在

王永生　编译

　　传教士赫伯·杰克逊初到某地，当地有人给他配了一辆旧车。这辆车子有点毛病，一旦停车后就很难再启动起来。杰克逊先生绞尽脑汁，终于想出一个妙招。头一次开这辆车时，他到家附近的一所学校求救。在获得校长的首肯后，他领着一大帮学生帮他推车启动，车子开动后，

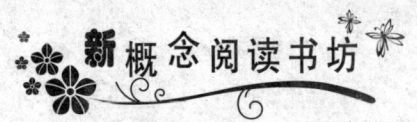

需要停下来时他就把它停在斜坡上，以便容易重新发动，或干脆不熄火。整整两年时间，杰克逊先生一直用这套土办法来开动车子。

后来由于健康原因，赫伯·杰克逊要离开此地了，他把那辆旧车转交给新来的传教士。

杰克逊先生自豪地向后者介绍启动车子的独家办法。新来的牧师边听他说边打开车盖，仔细察看起来。他用力拧了拧一根发动机连线，随后坐到驾驶座上。让杰克逊感到十分惊讶的是，随着发动机的一声轰鸣，汽车竟然在平地缓缓开动起来了。"其实不必大动干戈，只是一根连线松了，稍微紧紧就好了。主要是你没找到问题所在。"新来的牧师解释道。

智者与愚者的唯一区别是，智者用脑做事，愚者用手做事。所谓劳心劳力，高下立判。想要更好地解决问题就要找到根本原因，否则，花费再多的力气也是徒劳。

希望是加法

理 蓉

肯尼出生时，只有半截身子。

肯尼的爸爸妈妈，心里像被雪水泼过，凉得彻底。哭过之后，肯尼的爸爸擦干眼泪："别哭了，希望还在。"

虽然他们自己也不知道，这希望具体是什么。不过，他们开始向着希望前进了。他们最初的希望，是肯尼能够活下来。为此，他们带肯尼走了多家医院，虽然医生们的诊断都不是很乐观，但肯尼的爸爸认真地记下医生们的建议，细心地为肯尼进行护理。肯尼在父母的照顾下，终于活了下来。肯尼一岁半之后，医生为他做了第二次手术，虽然手术并不十分成功，但肯尼的生命至少保存了下来。之后，肯尼的爸爸妈妈希

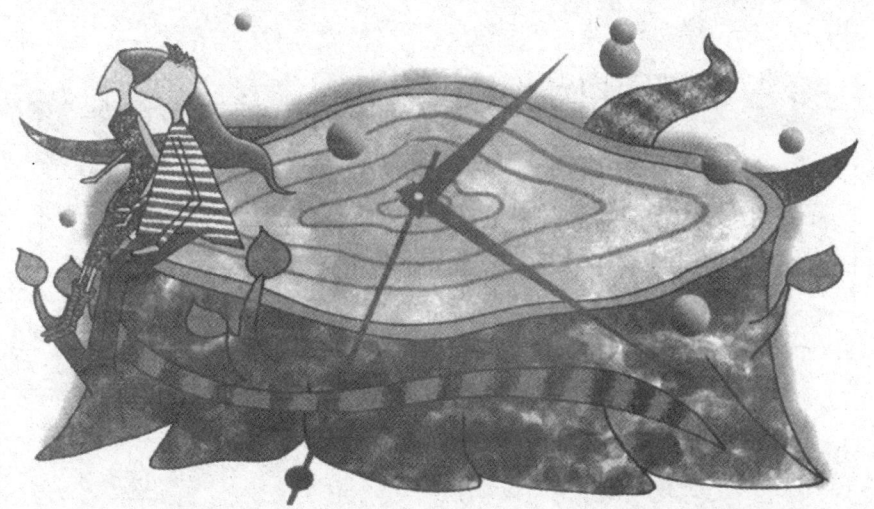

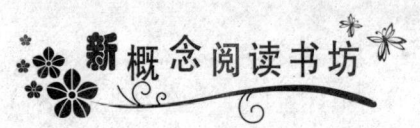

望，肯尼能够自己照顾自己。这是件比较困难的事，因为肯尼腰以下的神经都没有任何知觉了，普通孩子轻而易举做到的事情，他要付出百倍努力。不过，在父母的教导下，肯尼学会了用双手走路。

肯尼慢慢长大了，要上学了，为此，爸爸妈妈为他装了假肢。肯尼的父母希望，他能成为一个快乐的孩子。肯尼迷上了摄影，爸爸妈妈就给他买了部照相机。在他成长的过程中，他曾经接受过许多人的帮助。所以，他也非常爱身边的人。他会把身边的一切都拍摄下来：他深情地热爱着身边的一切。

肯尼会帮妈妈做家务，也会洗车、剪草坪。肯尼说："我生活中的困难和别人是一样的，重要的是找出解决问题的办法。"

肯尼的父母很欣慰，他们对肯尼的希望，肯尼全部都达到了：保住肯尼的生命；让他学会自立；让他懂得爱别人；让他快乐；让他热爱生命……其实，这也是所有家长的希望。

对孩子的希望是加法，就像上楼梯，到了二楼，再去想三楼的事情，别去想顶层，没有人可以一跃而上。

我要对你说

每个人的一生都不可能一帆风顺，但只要心存希望，就没有到不了的地方。肯尼的父母一直对肯尼充满希望。肯尼自己更是不畏艰难，闯过重重难关，一步一个脚印，实现了父母的每一个希望。

第二章 Chapter 2

幸福的计算法

纳西族老太太的智慧，竟与伯尔笔下的渔夫有异曲同工之妙——别人以为她正在失去，她却说自己已经得到。

至 爱

张先丰

14岁暑假的一天,我拿父亲的钱去玩游戏机,被父亲狠揍了一顿。我从家里逃出来,在外游荡了一天。我没有吃任何东西,因为口袋里没有一分钱。尽管如此,我还是不愿回那个冷冰冰的家。晚上,我随便蜷在天桥下睡了一夜。

第二天早上,我忍着辘辘饥肠,在一个住宅小区里没有目的地溜达。突然发现,一楼一户人家的阳台敞着,阳台很低,我立刻鬼使神差般地产生了一个念头。我观察了一下四周没有人,就飞快地奔过去,像猴子一样敏捷地钻进去。巨大的饥饿感使我忘记了危险,我机警地搜寻

目标,客厅里有一台冰箱,冰箱里有半块面包,我迫不及待地拿起就往口中送。

此时,紧邻客厅的那扇门里,传出了狗的叫声。门开了,冲出一只狮子狗,对着我凶猛地狂吠。我害怕极了,心几乎要跳出来。接着听到吆喝的声音,一个年约六十多岁的老太太走了出来。小狗很听话,马上不叫了。老太太的目光朝我

扫射过来，我浑身发抖。但老人的眼睛在我身上并没有停留，又转向别处，两手摸着墙壁走进了卫生间。我赶快跑回阳台，准备原路逃走。这时，阳台外面却有几个大人站在那里说话，我又缩了回来。那条狮子狗守在大门旁，虎视眈眈地盯着我，我不敢从那里出去。我攥着半块面包，边吃边等待逃走的时机。

老太太从卫生间出来，又摸着墙回到卧室。我啃完面包，还是饿得难受，就搜寻是否还有其他可吃的。一不留神，碰翻了脚下的一个塑料方凳，弄出了响声。老太太在屋子里问："是丁丁吗？是丁丁回来了吗？"老人走出来，眼神茫然地望着大门的方向。我不敢出声，老人张着两只手来寻。客厅太小，我不敢动，老人碰到了我，捉住我的肩膀，笑了起来："你这孩子呀，就是不爱说话，和小时候一样。"老人亲切地抚摸我的头，捧捧我的脸，我脸上有一道青紫，是父亲用皮带抽的，老人的手弄疼了我，我不禁"哎哟"一声。老人用很轻柔的声音问："是不是你爸又打你了？"我低低地"嗯"了一声。老人没有听出不同，更加和蔼地问："和爸爸怄气，兴许还没吃饭吧？"我又"嗯"了一声。老人安慰我："没事，奶奶给你做。"说完就进厨房去了。

老人手脚挺利落，不一会就端上一大盘鸡蛋煎馒头片，一杯热牛奶。我来不及说什么，狼吞虎咽地吃了起来。老人用失神的眼睛望着我说："丁丁呀，往后多听你爸爸的话，别跟你爸顶嘴了。知道你爸为啥打你吗？他是恨铁不成钢呀。你爸也有苦处。听奶奶一句：做人要端正。别让奶奶老挂牵。"我鼻子酸了，眼睛里溢满了泪。我感到了自己的可耻。

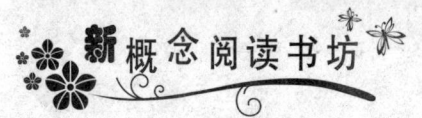

我充满感激地帮老人洗刷好餐具,正要离开,外面却响起连续不断的叩门声。我吓坏了,以为老人的家人回来了,这下要露馅儿了。老人打开门,进来两位魁梧的保安。一位问道:"有人反映,从你家窗户跳进来一个人。"我骨头都吓酥了,只待束手就擒。老人却回答:"没有呀,是不是看错了?"另一位保安盯着发抖的我,狐疑地问:"这小孩是谁?"老人一笑:"我孙子丁丁。"两位保安看没有事就回去了。我瘫坐在沙发上,老人笑着说:"真是有趣,把我孙子看成了贼,我孙子才不是那样的人呢,是不是丁丁?"我无比真诚地回答:"是的,奶奶。"我心中暗暗发誓,以后饿死也不做贼了。待了一会儿,估计保安已经走远,我向老人告辞。临走,想起老人的阳台,就走过去,想替她关上窗子。

老人却在我身后说:"错了,孩子,门在这边。"她已为我拉开了门。

我惊异地回头,发现老人一双清澈的眸子。我惊诧极了:"您眼睛没事呀?"老人笑了。

我真心真意地叫了一声"奶奶",深深地鞠了一个躬,然后飞一般地逃走了。那个夏天,我懂得了什么是真正的爱。

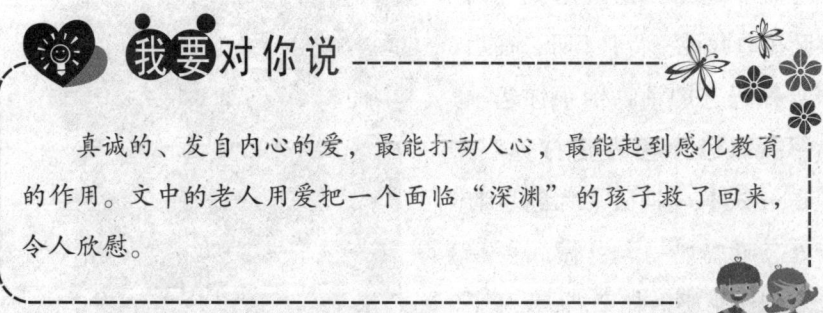

真诚的、发自内心的爱,最能打动人心,最能起到感化教育的作用。文中的老人用爱把一个面临"深渊"的孩子救了回来,令人欣慰。

水的眼泪是什么

余同友

那时,我在新疆一个沙漠边防站里当兵。我们那个站里只有15个人,与我们朝夕相伴的除了漫天的风沙还是风沙,我每天将营房外面打扫得干干净净,可是第二天一早起来,门却推不开了。一夜风沙堵住了房门,只好从窗子里跳出去。这样说,你就知道那是个什么样的地方了吧。

这些我们都能忍受,最要命的是用水。离营房二十多里的地方才有一眼泉,且不通车,只能用毛驴运水!运一次水要大半天,因此,每人每天用的水都是定量的,一小桶水先洗菜,再洗脸,再洗脚,再喂厨师老方养的那一头猪,这个程序是一点也错不得的。到边防站第一天,指导员就虎着脸对我们说,人5天不吃饭有可能活下来,可要是5天不喝水那就死定了。

那年,沙尘暴出奇地频繁,三个多月没有下一滴雨,我们平日取水的那眼泉早已干涸。方圆几十里的地方我们都去过了,可是也没有

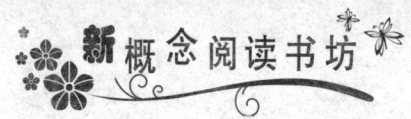

找到一眼泉,于是一百多公里外的营部决定每隔两天送一车水来。营部送水每次都很准时,但那次等到第四天还是不见送水车,两天没喝一口水的战友们一个个把嘴巴闭得紧紧的,一说话,嗓子里就像在拉锯子。与营部的联系也中断了,指导员眼睛里全是血丝,傍晚时分,他钻出门外,哑着嗓子对我说:"小余,我们一道到营部去,要不然大家非渴死不可。"我望了望外面呼啸的风沙,又看了看屋子里的战友,默默地点了点头,就跟他一起上了车。

果然,营部的运水车在半道上迷了路,因为我和指导员路熟,便让营部的人先回去,换了车,我和指导员连夜往回赶。风沙打在挡风玻璃上,沙沙地响,像雪粒,像暴雨,指导员皱着眉头加大了油门,我知道,他是想早一点把水送到弟兄们手里。可是,越急越出问题,那辆车开了不一会儿竟在一个小坡上抛锚了。指导员用脚狠狠地踹了车子一下,便拿着大摇把去车前摇,费了老大劲,总算将车子发动起来了。不料,刹车失灵,车子缓缓向坡下滑去。眼看车子就要从坡下翻倒,指导员慌忙抵到车子前,用铁摇把支着车子,车子的惯性受到阻止,改变了方向,终于一头抵在了旁边的一块大石头上,指导员也被夹在了中间。当我倒回车时,我看见指导员捂着胸口,半天起不来,我赶紧扶起他,说:"指导员,我们掉头往营部卫生院赶吧。"指导员把我一推说:"没事,不要掉头,还有 13 个兄弟在等着我俩呢。13 和 1 谁大谁小你不会不知道吧?"

车子疯狂地在沙漠上奔跑,我将油门踩到了底,耳边已听不见别的声音，只听见指导员的喘息声越来越大，像我故乡夏季发洪水时滚过天空的雷。

天亮时分，车子呼啸着撞进了边防小站。可当我们再叫指导员时，指导员已听不见了。

我们看看天边，风沙竟停了，天边露出了一弯月牙儿。也不知是谁带头，大家拿出自己的小盆，装满了水，轻轻地放在指导员的床前，15盆水依次摆开，在这个沙漠，从没有人一次面对这么多的水啊。15盆水里映出了15个弯弯的月牙儿，像15颗硕大的水的眼泪。

指导员牺牲了自己，换来另外13个人的生命，这是人间最伟大的奉献精神，感人至深。水的眼泪，为沙漠边防战士的艰辛而流，为指导员的人间大爱而流。

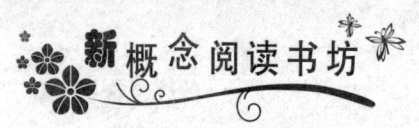

在爱的阳光下，不再流浪

张陶帅

我刚刚度过 16 岁生日，在颠沛流离的流浪岁月里我把自己弄丢了，儿时的名字遗失了，亲人的音容笑貌模糊了，只依稀记得故乡在南方一个叫重庆的地方。

我 6 岁那年，在河北省邯郸市一个破旧的小旅馆里，妈妈将我卖给了一个中年男人。被那个男人拉走时我惊恐地哭喊着："妈妈，救救我！"但她忙着数钱，头都没有抬一下。那一刻"母亲"两个字在我心里筑成的城堡彻底坍塌了。

养父是河北晋县的一个养鸡专业户，买我是为了传宗接代。我慢慢爱上了这个家，因为养父送我上了学。上学真快乐啊，有好多小朋友在一起学习玩耍。我拼命地学习，每次考试都是前三名，在县里的作文比赛中还获得过一等奖。然而，11 岁那年养母生下了一个小弟弟，他们为了逃避计划生育的罚款，把我扫地出门，让刚出生的孩子顶替了我的户口。

我知道这个家再也不会收留我了，天下之大，哪里是我栖身的地方？我漫无目的地走了一天，傍晚才跟着一群民工登上了去石家庄的车。

一个 11 岁的孩子填饱肚子非常艰难，连在街上乞讨也要分地盘，为此到底挨了多少次打自己也记不得了。一次次的伤害，使我变得冷酷起来。我参加了一个盗窃团伙，跟着他们抢劫、盗窃。我的破棉袄兜里总揣着一块石头，有时为了一个烂苹果也会与人拼命，因此很受老大的器重。我的脸上伤痕累累，于是得了"刀疤"的绰号。

2001年冬季，我正在垃圾箱里捡废品，遇到了一个与父母走散的小姑娘。听着小女孩绝望的哭声，我一下子想到了自己的悲惨遭遇。我是贼，一直很害怕警察，但还是硬着头皮带她来到派出所。在警察的帮助下，小女孩找到了父母。女孩的母亲得知我是个流浪儿后非常同情我，把我送到了专门收留流浪儿的石家庄市少保中心读书。这位好心的阿姨姓张，我给自己取了第一个属于自己的名字——张陶帅。

接待我的周楠老师，温和的声音非常好听，上课前她特意表扬了我。"张陶帅同学是因为帮助与父母失散的女孩才来到我们中心的，我相信他一定会很快适应这里的生活，成为我们班的模范同学。"

我想做个好孩子，但这些年已经野惯了，总是控制不了自己。进中心时我的刀子被没收了，我就把新发的牙刷磨尖充当匕首，逼着同学给我叠被子，还必须定期给我进贡好吃的东西。

为了监督并帮助我改掉坏毛病，周老师干脆住在中心，我知道她是为我好，但还是感觉特别烦。我开始怀念无拘无束的流浪

生活，决定想法逃出去。我找到新到少保中心的三个流浪儿，动员他们跟我一起出逃："我在这儿半年了，一点儿也不自由。出去以后跟着我，保证让你们吃香的喝辣的。"当天晚上熄灯时，我们悄悄翻墙头逃了出去，没想到一落地就踩在一块尖石头上，我的脚崴了，疼得满地打滚。周老师找到我时流泪了，她说："孩子，你什么时候才能懂事啊?!"

看到老师为我哭泣，我心里很震惊，低着头说："周老师，你别为我费心了。我就是一个坏孩子，改不好了。""别胡说，老师还没有放弃，你怎么能自暴自弃？"

周老师把我送到了医院，24小时守在我身边，经常从家里带好吃的给我改善生活。卸去石膏后，医生说热敷和按摩有助于康复，周老师就打来热水给我泡脚，然后轻轻地按摩受伤的部位。要知道我长这么大，除了挨打挨骂没有得到过一点温暖，连妈妈也没有给我洗过脚啊！看着周老师，我大哭起来。那一刻我不知道该怎样表达心中的感激，只是一遍遍喊着"妈妈，妈妈，妈妈……"

我一直在写日记，想把那些悲惨的经历记下来，作为长大之后惩罚那些虐待过我的大人的依据。在扉页上我用粗笔写着："唯有将那些把我推向苦难的人杀死，才能抚平我受伤的心灵。"

一天作文课上我把日记本交给了周老师，请她阅读我尘封多年的心。周老师读完之后把我拥在怀中："孩子，你写得太好了，老师一直在为你的悲惨遭遇流泪。但你知道吗？一只背负着沉重包袱的小鸟是无法展翅高飞的，你也一样。让老师帮你改掉扉页上的话好吗？"周老师认真地写下："忘却仇恨，才能真正获得新生。期待你卸下包袱，成为一只高飞的雄鹰。"

我知道，自己现在就是朝着雄鹰的目标前进。

 我要对你说

人性本善，那些犯过错误的孩子的心里也埋藏着善良的种子，只要给以爱的雨露，种子便会生根发芽，长成参天大树。

冒牌管家

怀 沙

一天中午,埃德蒙先生刚到客厅门口,就听见楼上的卧室有轻微的响声,那种响声对于他来说太熟悉了,是阿马提小提琴的声音。

"有小偷!"埃德蒙先生急忙冲上楼,果然,一个大约13岁的陌生少年正在那里摆弄小提琴。他头发蓬乱,脸庞瘦削,不合身的外套里面好像塞了某些东西,毫无疑问,他是一个小偷。埃德蒙先生用结实的身躯挡在了门口。

这时,埃德蒙先生看见少年的眼里充满了惶恐、胆怯和绝望。那是一种非常熟悉的眼神。刹那间,让埃德蒙先生想起了往事……愤怒的表情顿时被微笑所代替,他问道:"你是丹尼尔先生的外甥琼吗?我是他的管家。前两天,丹尼尔先生说你要来,没想到来得这么快!"

那个少年先是一愣,但很快就回应说:"我舅舅出门了吗?我想先出去转转,待会儿再回来。"埃德蒙先生点点头,然后问那位正准备将小提琴放下的少年:"你也喜欢拉小提琴吗?"

"是的,但拉得不好。"少年回答。

"那为什么不拿着琴去练习一下,我想丹尼尔先生听到你的琴声一定很高兴。"他语气平缓地说。少年疑惑地望了他一眼，但还是拿起了小提琴。

临出客厅时，少年突然看见墙上挂着一张埃德蒙先生在歌德大剧院演出的巨幅彩照，他的身体猛然抖了一下，然后头也不回地跑远了。

埃德蒙先生确信那位少年已经明白是怎么回事，因为没有哪一位主人会用管家的照片来装饰客厅。

那天黄昏，回到家的埃德蒙太太察觉到异常，忍不住问道："亲爱的，你心爱的小提琴坏了吗？"

"哦，没有，我把它送人了。"埃德蒙先生缓缓地说道。

"送人？怎么可能！你把它当成了你生命中不可缺少的一部分。"埃德蒙太太有些不相信。

"亲爱的，你说得没错。但如果它能够拯救一个迷途的灵魂，我情愿这样做。"看见妻子并不明白他说的话，他就将经过告诉了她，然后问道："你觉得这么做有什么不对吗？""你是对的，希望你的行为真的能对这个孩子有所帮助。"妻子说。

三年后，在一次音乐大赛中，埃德蒙先生应邀担任决赛评委。最

后，一位叫里特的小提琴选手凭借雄厚的实力夺得了第一名。他一直觉得里特似曾相识，但又想不起在哪里见过。

颁奖大会结束后，里特拿着一只小提琴匣子跑到埃德蒙先生的面前，脸色绯红地问："埃德蒙先生，您还认识我吗？"埃德蒙先生摇摇头。"您曾经送过我一把小提琴，我一直珍藏着，直到有了今天！"里特热泪盈眶地说，"那时候，几乎每一个人都把我当成垃圾，我也以为自己彻底完了，但是您让我在贫穷和苦难中重新拾起了自尊，心中再次燃起了改变逆境的熊熊烈火！今天，我可以无愧地将这把小提琴还给您了……"

里特含泪打开琴匣，埃德蒙先生一眼瞥见自己的那把阿马提小提琴正静静地躺在里面。他走上前紧紧地搂住了里特，三年前的那一幕顿时重现在埃德蒙先生的眼前，原来他就是"丹尼尔先生的外甥琼"！埃德蒙先生眼睛湿润了，少年没有让他失望。

 **我要对你说**

善待别人也就是善待自己。有时宽厚仁慈的心可以拯救一个人的灵魂，更可以净化我们的心灵，培养我们的高尚品质。这是一种伟大的善举，它让我们的世界充满了阳光。

别说你的眼泪无所谓

姜钦峰

凌晨3时,他正在千米以下的矿井作业。忽然听到一声剧烈的怪响,像一枚炮弹从头顶呼啸而过,百米之外已经有水渗进来,在矿灯照射下显得格外阴森恐怖。凭着多年的井下作业经验,他瞬间意识到大事不好,赶紧朝最近的西面出口飞奔,一边拼命大喊:"出事了!透水了!"

坑井里的另外5名工人听到喊声,也飞快地逃命,可是西边的出口已经被封,洪水正在涌入,他又赶紧掉头,率领众人往东跑去。但是这次透水的规模远远超出了他的想象。东坑唯一的通道也被洪水淹没!

此时水已淹至膝盖,前无去路,后有追兵,他们只好退回到几十米高的工作台上,那是短时间内唯一安全的地方。洪水如同狰狞巨兽,张牙舞爪地疯狂涌入,他虽然经验丰富,但也不知道此次能否重见天日。他告诫自己:必须保持头脑的冷静,才能赢得一线生机,否则必死无疑!

每隔一小时他就测量一次水位,可是每测量一次,心情就沉重一分,水位还在升高。死神步步紧逼,他们只能眼睁睁地坐以待毙,还有比这更残忍的事情吗?随着水位不断上升,生机越来越渺茫,5名工友因为绝望而面部扭曲,有人忍不住放声痛哭,悲伤迅速传染了其他人,漆黑的矿井里哭声一片。

他一声没哭,反而出口大骂:"谁敢再哭,老子立即把他扔下水

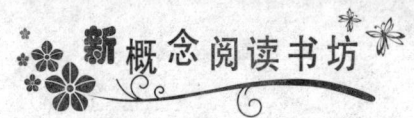

去!"瞬间恢复了安静。他的话谁敢不从,其他5人都是进矿不久的新人,而他从13岁开始下井摸爬滚打,三十几年来无数次死里逃生——此时此刻,他是唯一的救命稻草。

一天、二天、三天,仿佛经历了3年,随着手表上的日历滚动,不少人彻底绝望,却又不敢哭泣,躺在那里静静地等死,只有他还在坚持测量水位。第三天下午,水位竟下降了一毫米!他欣喜若狂,立即告诉所有人,"上面正在抽水救援咱们呢,只要再坚持几天,我们就能得救了!"然后,他又向大家约法三章:第一,不许哭;第二,不许没事乱讲话;第三,每天啃一块树皮。矿井里的支撑木是松树,由于松树皮实在太硬,难以下咽,每人每天只能啃下半个巴掌大的一块树皮,可就是这小小的树皮,让他们勉强支撑下去。

黑暗中死一般寂静,7天后,他们在朦胧中听到了机器轰鸣声,还有嘈杂的人声……

6名矿工在千米以下的矿井中坚持了七天七夜并得以生还,成了这起灾难事故中的奇迹!而他,黄益龙,一个普通的中年男子,更是受到了人们英雄般的欢迎。几天后,他和几名幸存者受邀去电视台做节目。听了这段惊心动魄死里逃生的经历,人们无不啧啧赞叹。

感慨之余,忽然有观众提出疑问:"有一点我不明白,在那种情况下,伤心大哭本是人之常情,可是你却不准别人哭,似乎太不近人情吧?"他搓了搓手,憨憨地笑了,说:"大道理我说不上来,还是给大家讲个故事吧。"

"前几年,我在另一家矿上干活儿,那里也发生过一次透水事故。当时有4个人被困在井下,有两个不停地伤心痛哭,另外两个却一声没哭。等到4天后抽干水时,哭的人死了,没哭的人活了下来。后来,幸存者告诉我,因为那两个人不停地哭,浪费了宝贵的体力,又没有吃的东西,结果没等到救援就死了……所以我觉得,在那样的情况下,哭顶个屁用,只会害死人!"

他小学没毕业,文化不高,话有点儿粗,可是那理儿却分毫不差。

多少人。无数大风大浪都闯过来了,最后却淹死在自己的泪水之中,怎不令人扼腕?殊不知,这个世界并不相信眼泪,只承认汗水。与其在泪水中消耗自己,不如在汗水中拼搏获得机遇。假如有一天,当失败或灾难不期而至,相信我们不难选择——宁可流汗绝不流泪,千万别哭!

我要对你说

困境面前多少人泪如雨下,又有多少人毅然克服,眼泪尽管可以帮助排泄毒素,却增加了内心的凄苦无助。在人生最危难的时刻,泪水和内心的刚强会产生截然相反的结果,泪水往往与痛苦相伴,而坚韧的意志定会迎来甜美的幸福。

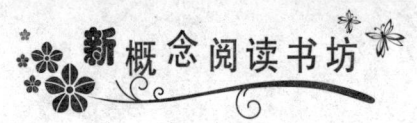

有一种人"生下来就过时"

王 蒙

　　第一个人出来了，他说："啊，我真痛苦！我为人类的愚蠢而痛苦，为体制的缺陷而痛苦，为民族的痼疾而痛苦，为许多痴男怨女而痛苦，为所有冤枉致死的人而痛苦……"

　　第二个人出来了，他说："啊，我真快乐！我为男男女女、国国家家、吃吃喝喝、忙忙碌碌而满意而幸福而大喜……"

　　第三个人出来了，他说："我真伟大！我是英雄！我要挽狂澜于既倒，我要为人类而燃烧，我要为你们而被钉到十字架上，我要用我的光辉照亮黑暗。如果现在没有光，我就是光；如果现在没有热，我就是热；如果现在没有粮食，我就是粮食；如果现在没有雨露，我就是甘霖……"

　　第四个人出来了，他说："我是浑蛋，我是白痴，我是毛毛虫，我是土鳖……"

　　第五个人整天憋气，他说："我是炸弹，我是利刃，我是毒药，我是狼，我是蛇，我是蝎子……"

　　第六个人一出来就向大家鼓掌，于是大家又向他鼓掌，于是他再向大家鼓掌，于是大家再向他鼓掌，后来大家都累了、打盹儿了，他也不知道到什么地方去了。

第七个人一出来就喊："我是好人，我是好人，我是好人……"

第八个人没有说明他是什么不是什么，他只是做他能够做和必须做的事情。他碰到了好事便快乐，碰到了坏事便皱眉。该思考的时候便思考，没考虑出个结果来就承认自己没有想好。和别人意见不一致了，他也就只好说是不一致，和别人意见一致了他也就不多说了。有人说他其实很精明，有人说他本来可以成为大人物，但是胆子太小了，没有搞成。有人说他其实一生下来就过时了。

我要对你说

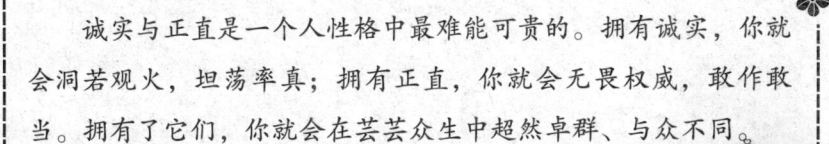

诚实与正直是一个人性格中最难能可贵的。拥有诚实，你就会洞若观火，坦荡率真；拥有正直，你就会无畏权威，敢作敢当。拥有了它们，你就会在芸芸众生中超然卓群、与众不同。

别伤害了金子般的心

何长安

一天傍晚,我下班回家,正匆忙走着,突然一个陌生的男子上前拦住我,手里捏着一张10元钞票,神神秘秘地问我能不能帮他一个忙。我一下子警惕起来,以为他要耍街头那些骗子的把戏,就想赶紧离开。那个男子似乎看出了我的戒备心理,神情急切地说:"你放心,我不是骗子。"

我说了一声"抱歉,我没有时间",就抬腿要走。那男子拦住我,笑笑说:"你听我说,你要是不帮我,你就伤害了一颗金子般的心。"

我一听便好奇地停住了脚步。

于是,男子告诉我,他刚才在街头的拐角处看见一个小女孩,大概十二三岁的样子。他看见小女孩站在寒风里瑟瑟发抖,以为小女孩迷路了,上前一问才知道,原来那个女孩在等人。小女孩说她是一个卖花姑娘。有个女人买了她的鲜花,给钱的时候发觉身上没有带钱包,女人把花拿走了,要小女孩站在那里等一等,说很快就把钱给她送来。可小女孩等了好几个钟头,那女人也没送钱过来。

男子望望我,接着说:"很显然,那个女人骗了小女孩。"男子说他劝小女孩赶快回去,不要再等了,说那个女人多半是骗她的,可小女孩不肯,因为她不相信那个女人会骗她。男子说他实在不忍心看着小女孩在寒风里受冻,就想替那个女人把钱给小女孩,谁知小女孩怎么也不肯要。

我不解地问:"你的意思是……"男子接着说道:"小女孩不相信这个世界上有欺骗,纯真的心就像金子一样,我不忍心她金子般的心受到伤害,想保持这个世界在她心里的完美,所以,我找你帮忙。"男子微笑着把那张10元钞票递给我,说:"你拐过这个街角就可以看到她了,拜托你过去把钱给她,就说是那个阿姨有事来不了,托你转交的呗。"

我很感动,对男子说:"既然这样,就让我来为那个骗人的女人埋单吧!"但是男子坚决不肯,固执地认为这钱应该由他来出,硬把钱塞到我手里,然后高兴地说:"这下我可以放心地回家了。"

我紧紧地握了握男子的手,和他道别。拿着男子给我的钱,我走过拐角,果然看见一个衣着单薄的小女孩,手里拿个空花篮,站在寒风中往我这头张望。我快步走过去,告诉小女孩:"那个阿姨因为有事来不了了,特地委托我将钱送来。"

"真的吗?"小女孩看着我手中的钱迟疑着不肯接。

我急忙说:"真的,那个阿姨没

89

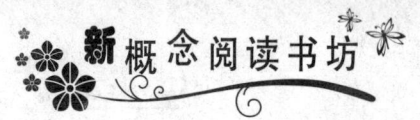

空,让我给你送来的。"

小女孩看看我手里的钱,又看看我,说:"我不相信。"

我坚定地说:"真的,我不骗你!"

"那她应该记得她买了我50朵花啊!"小女孩嗫嚅道,"每朵2元,一共应该是100元啊……"

原来是这样。我想那个好心的男子真是太粗心了,怎么就没问清楚那个女人买了多少花该给多少钱呢,差点就露馅了。

为了不让小女孩起疑心,我故意装作恍然大悟的样子,拍拍脑袋,嘴里嘀咕着说:"哎呀,我真粗心,怎么把10元当作100元给你了!"我从包里摸出一张百元钞票递到小女孩手里。小女孩接过钱,迈着欢快的步子走了。看着小女孩的背影,我感到自己做了一件大好事。

半个月后在街头,我又意外地看到了那个好心的男子,刚要过去和他打招呼,却见他突然拦住一个女人,比画着跟人家说些什么。我看见他手里捏着一张10元钞票。那个女人和我当初一样,起初还有些戒备,但是听男子说完话,很快变得高兴起来,接着和我当初一样,她先是拒绝接受男子的钞票,而后被那男子的真诚态度所打动,有些难为情地拿了那张钞票,和男子握了握手,愉快地往街头拐角处走去。

果然,那个小女孩正站在那里,翘首张望。和我当初一样,那个女人快步走过去,要给那个小女孩钞票。小女孩先是不肯接,当那女人很快弄明白小女孩不接钞票的缘由后,也和我当初一样,她装作恍然大悟的样子,从包里摸出一张100元面额的钞票。这下小女孩收下了钱,她向那个女人鞠躬、道谢后,迈着欢快的步子离开了。那个女人和我当初一样,舒了口气,一副很开心的样子。

我尾随着那个小女孩,在走过几条大街后,看见她走向那个男子,从身上掏出那张刚刚到手的百元大钞递给男子,男子高兴地蹲下身子跟小女孩说着些什么。我气坏了,当即掏出笔和纸,写了一行字,然后叫住刚好路过身边的一个小男孩,让他帮忙把纸条送给那个男子。

小男孩纳闷地问我:"你是不好意思跟那个叔叔说话吗?"我摇摇头说:"是他不好意思跟我说话。"小男孩很乐意帮我这个忙。他按照我说的,把纸条塞给那个男子就走开了。

那个男子打开纸条,看了一眼,就警觉地四处张望,神情有些慌张,赶紧牵着那个小女孩匆匆离开了。

我在那张纸条上写着:"别伤害了金子般的心!"

真情可贵,它不会因岁月的磨洗而消逝,不会因苦难的浸染而变色。所以,不要试图用世俗的眼光去衡量它,不要试图用欲望去苛求它,因为这样可能伤害到了那比金子更可贵的心!

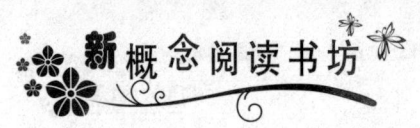

可怜的花

孙君红

我朋友爱养花,什么花都栽得很好。

每到花开季节,满园子花香宜人,蝶飞蜂绕,很让人羡慕。于是,我和一帮朋友时常去他家赏花。朋友是个大方人,碰上爱花人,必以鲜花相赠,所以,有许多人慕名而来。

一天,我去他家时,碰上张三也在那里,正缠着我朋友不放,讨要一盆开得正艳的牡丹。奇怪的是,平素大方的朋友一反常态,说啥也不想给。

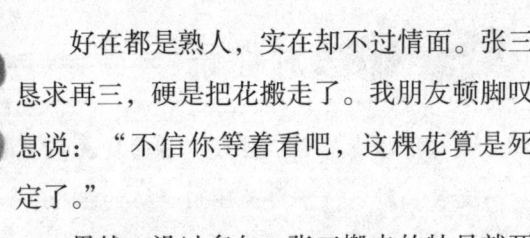

好在都是熟人,实在却不过情面。张三恳求再三,硬是把花搬走了。我朋友顿脚叹息说:"不信你等着看吧,这棵花算是死定了。"

果然,没过多久,张三搬走的牡丹就死了。朋友摇头惋惜:"果然不出所料啊!"我问为什么。

朋友说:"难道你看不出,张三这人是个势利眼吗?别人发达时,他趋之若鹜,别人倒霉时,他避之不及。"

我问:"这跟养花又有什么

关系?"

朋友正色道:"用这份性情来养花,必然是花艳时百般呵护,花落时弃之不顾。你想想看,世上又有哪一朵花是可以永开不败的呢?

我要对你说

这个世界中,尔虞我诈的争斗使人劳累,趋之若鹜的名利使人疲惫,贪心不足的欲望使人堕落,因而使人在道德底线上徘徊,在灵魂深处挣扎。不妨试着保持一颗真心,少一分欲望,那你就会从容而乐观。

爱心有限

高 虹

没头没尾的,在电视里看到这样一个场景:一对夫妻神色黯然地把名叫小琴的女儿留在一个店铺,转身离去。女孩茫然地看着爹妈的背影,急急地比画着:"小琴爱爹,小琴爱娘……"她的手语打得飞快而流畅,但终究是无声的,爹娘没有回头地去了。

在本能的难受中我突然反应过来:我居然看懂了女孩的手语。是的,电视里没有交代说明,是我自己看懂的。

想起多年前我曾经学过手语。因为即将到聋哑学校去做一项工作,我们先参加了手语班的学习。开始我们兴致勃勃,相信自己爱心无限,为了和聋哑孩子沟通,为了让他们感受到真诚和平等,我们一定要努力学会他们的语言。于是列出大篇的句式,让手语老师一一教我们。手语老师接过去仔细看,他没有多说什么,开始都是简单的"你好":食指伸出平平前送,表示"你";然后向胸前收回,同时转伸出大拇指,朝上,表示"好"。

然后学"我喜欢你"、

"我们爱你"等等。手语是一件相当麻烦和琐屑的事儿,一句话中的每一个字都要比画到位——要知道平时我们说"口语"都飞快,能省三字决不多说两个字的,哪里耐得住如此艰苦卓绝的劳动!

当我们学到"你叫什么名字"时,新奇感分明少了,人也有些疲累了,起初龙飞凤舞的手也少了些生气,耷拉在胸前笨拙而迟疑地动着。这时口语老师笑了笑,把我们开出的单子往旁一推说:"好吧,最后再学一句吧。这一句是我给你们加的——我可以用纸和笔和你聊吗?"果然到了那所学校后,勉强比画了"你好"以后,我们用得最多的就是这句"我可以用纸和笔和你聊吗?"用手语和聋哑孩子交流沟通的雄心,早已烟消云散。

后来我想起口语老师的神态:我们雄心勃勃时,他微笑。他没有否定我们的真心,更没有怀疑我们的耐心和爱心,但是他一定知道——爱心和耐心并不是无限的。你看他的分寸掌握得多么好,早为我们准备好一句"我可以……"

我们的爱心其实没有自以为的那么多。

爱心其实是很有限的,我们能给予别人的,真的不多。

 我要对你说

在名利、时间、金钱、精力等各种因素的影响下,一个人所能给予的爱心,真的是非常有限的。所以,请珍惜每一次爱心的付出,因为它的可贵。

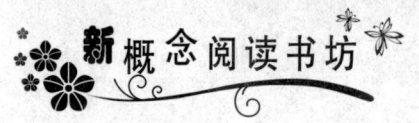

8%的烦恼

肖 蓉

有一个心理学家做了一个很有意思的实验。

他要求一群实验者在周日晚上,把未来7天所有烦恼的事情都写下来,然后投入一个大型的"烦恼箱"。

到了第三周的星期日,他在实验者面前,打开这个箱子,逐一与成员核对每项"烦恼",结果发现其中有9成并未真正发生。

接着,他又要求大家把那剩下的一张字条重新丢入纸箱中,等过了三周,再来寻找解决之道。结果到了那一天,他开箱后,发现那些烦恼也不再是烦恼了。

烦恼是自己找来的，这就是所谓的"自找麻烦"。据统计，一般人的忧虑有40%是属于过去，有50%是属于未来，只有10%是属于现在，而92%的忧虑从未发生过，剩下的8%则是你能够轻易应付的。

有一项秘密是医生都知道的，那就是：大多数疾病都可以不治而愈。同样的，大多数的烦恼都会在第二天早晨好很多。

克服忧虑的秘诀是养成一种超然的态度，把心头泛滥的愁烦看作流过去的江水，不任凭自己沉溺在里面，常常把心神集中在现实和身边的事物，并且务必养成凡事感恩的习惯。有时我们的心如置身在严冬的黑夜中，要求自己把值得快乐的理由一一写下来，可以引导我们快速地从忧虑的迷宫中脱身。

我要对你说

常言道：人生不如意事十之八九。常想想快乐的事情，烦恼自然会不攻自破。"采菊东篱下，悠然见南山"多么超然，多么豁达。养成遇事沉着冷静、淡然处之的习惯，快乐就会无处不在。

痛苦和盐

田 语

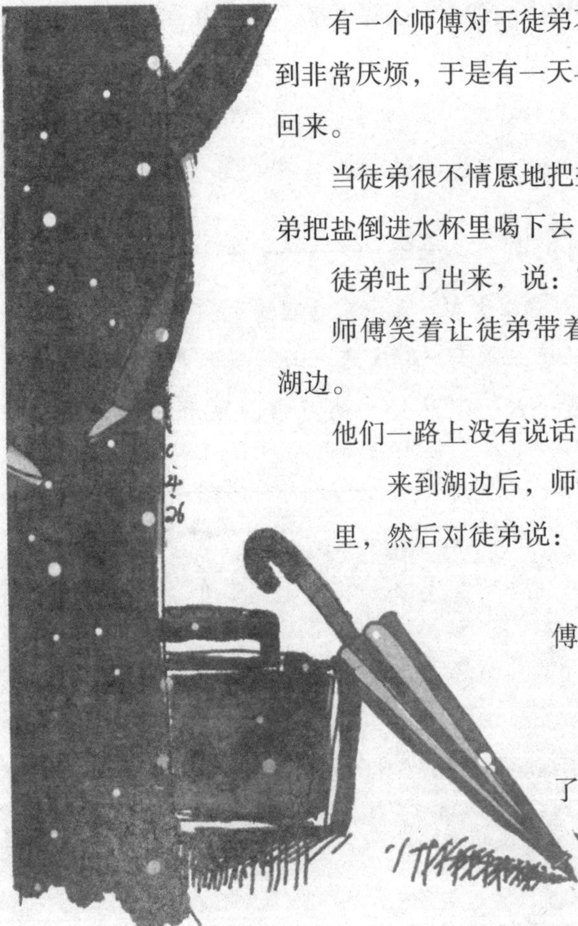

有一个师傅对于徒弟不停地抱怨这抱怨那感到非常厌烦,于是有一天早上派徒弟去取一些盐回来。

当徒弟很不情愿地把盐取回来后,师傅让徒弟把盐倒进水杯里喝下去,然后问他味道如何。

徒弟吐了出来,说:"很苦。"

师傅笑着让徒弟带着一些盐和自己一起去湖边。

他们一路上没有说话。

来到湖边后,师傅让徒弟把盐撒进湖水里,然后对徒弟说:"现在你喝点湖水。"

徒弟喝了口湖水。师傅问:"有什么味道?"

徒弟回答:"很清凉。"

师傅问:"尝到咸味了吗?"

徒弟说:"没有。"

然后,师傅坐在这个总爱怨天尤人的徒弟身

边,握着他的手说:"人生的痛苦如同这些盐,有一定数量,既不会多也不会少。我们承受痛苦的容积的大小决定痛苦的程度。所以当你感到痛苦的时候,就把你的承受的容积放大些,不是一个杯,而是一个湖。"

我要对你说

　　人活一世有欢乐也有痛苦,酸、甜、苦、辣、咸构成了生活的最佳滋味,总是放大痛苦,生活便会失去乐趣;相反,增强对痛苦的承受能力,乐观地面对苦难,生活便会更加美好。盐入湖水,其味自淡;苦入胸怀,其痛亦减。

心的高原

华木兰

一天,我去朋友家玩,认识了一个来自西藏的小姑娘,名叫格央。格央皮肤很白,似乎完全没有紫外线照射的影子,高高的额头,长长的辫子。格央会讲汉语,但很少说话,神情安静而腼腆,然而又有一种极晶莹透明的东西在眉宇间闪耀。

我一下子被她吸引住了,不停地向她问这问那。她只是简短地回答,常常微笑而沉默。后来,我的话题也山穷水尽,可我又不甘心就此罢休,便开始夸她的服饰。在我不厌其烦的赞美声中,格央红着脸坐了许久,然后一声不响地钻进了里间。过了一会儿,她换了一身衣服走了出来。

"这一身也很美。"我以为格央是穿给我看的,便情不自禁地说道。

"我就带了这两身衣服来,"格央说着把刚换下来的衣服递给我。"所以我只能送你一套。"

我呆住了。"我,并不是这个意思……"许久,我嗫嚅地说。

"可是,你不是很喜欢吗?"

"是的。"

"你不想要吗?"

"想要,可是……"我艰难地解释着,小心翼翼地找借口,以免伤害她,"可是我的身材穿不下。"

"只有能穿上的衣服你才会要吗?"

在那雪一样的目光里,我无话可说。

我把那套衣服接下来。

"谢谢。"格央率先说。

"为什么?"我问。无论如何,该致谢的应该是我。

"你真心收下了我的礼物,我就会安心收下你的赞美。"她说。

我又一次陷入了失语之境。我知道,和纤尘不染的格央相比,我的赞美太庸俗也太浅薄。至今,我仍珍藏着这套不能穿的藏服。每当我看到这套衣服,就会想起那阳光灿烂的高原,格央就来自那个地方。也许正因为她来自那个地方,才会有那样一颗不受一丝污染的心。

那是高原的心,也是心的高原。

格央有一颗宽厚、质朴的心,她真诚地去对待生活中的事,让一切回归真实和自然。你是否也期待拥有那样一颗心灵呢?

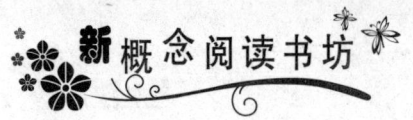

父亲的三句话

吴忠溪

父亲一生有三句话，令我永生难忘。

父亲的第一句话是："你看这件事怎么样？"

父亲一向是说一不二的，包括母亲也别想改变。母亲爱父亲，又有一点怕父亲。虽然父亲当年只有每月18元人民币的微薄工资，但在母亲心目中，父亲是她的支柱和偶像。这造就了父亲的独断专行，但也树立了父亲不可撼动的威信。

我家6个兄弟姐妹，母亲病逝时，大姐、二姐已经出嫁，大哥、二哥在外工作，弟弟到外地读书，我在本镇读高中，家中只有我和父亲两个男人相伴。

我家有一块宅基地，有人想买。一天晚上，我们两个男人吃着晚饭，父亲

突然问我:"我想把那块地卖了,你看这件事怎么样?"我来不及咽下嘴里的饭,呆呆地望着父亲。父亲的眼神是诚恳的,我可以读懂。

也许,说一不二的父亲感到了他的无助。

但我相信,在他心中,他第一次感觉到,他的儿子已经是大人了。

父亲的第二句话是:"我们不要和别人比吃的、比穿的,我们比不过他们,我们就和别人比学习、比工作。"

父亲只有18元的工资,无奈的父亲只能保住四个儿子的学业,两个姐姐没有进过一天学堂。父亲从工作到病退回家前后共15年,有14年没有回家过春节,为的是能拿到春节值班补贴和一件棉大衣。

父亲说,每年的春节和暑假,是他最难过的日子。因为他有四个儿子要缴学费。

所幸的是,我们四个兄弟没有辜负父亲,我们都完成了父亲"鲤鱼跳龙门"这一最朴素的愿望。

我们兄弟四个每个人要出门读大学的前一天晚上,父亲都帮助我们收拾简单的行李。

他对我们每个人都是这样说的:"到学校里读书,我们不要和别人比吃的、比穿的,我们比不过他们,我们就和别人比学习、比工作。去睡吧,明天还要早起呢。"

父亲的这句话伴随我们各自的四年大学生活。我们的大学生活可以说是简朴甚至简陋的,但我们都是以优秀毕业生的身份毕业的。

父亲的第三句话是:"以后我如果生病了,我会很快走的,不会拖累你们兄弟。"

母亲生病了。父亲不得不请长假照顾生病的母亲。

我不知道,在家从来不做家务的父亲,从来都是说一不二的父亲,那几年是怎样弯下腰来,学会做所有的家务的。他要陪母亲说话以减轻她的病痛,他要照顾母亲的起居,他要兼顾家里的自留地,后来他甚至学会了给母亲打针。母亲痛得厉害,又不能老打止痛针,就大骂父亲。

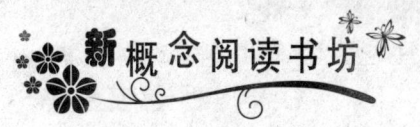

三年,整整三年,威严的父亲"逆来顺受"。

然而父亲终究没能留住母亲。

母亲走的那一天,父亲一滴眼泪也没掉。只是到了第二个星期六,我从学校回来,看着母亲住过的房间,号啕大哭。父亲坐在门槛上,泪眼滂沱。

那天,他对我说:"以后我如果生病了,我会很快走的,不会拖累你们兄弟。"

退休以后,多病的父亲守着老家的三间老屋和一盏孤灯,不肯到城里和我们一起生活。那天下午,堂弟打来电话,说父亲感冒住院了,要我们回去看看。

第二天傍晚,父亲从容离我们而去。

深爱母亲的父亲,一样爱他的儿女们。他用他的箴言,表达了他的爱。

简单的行动中有时孕育着伟大的爱,文中父亲的三句话,简单质朴,没有讲深邃难懂的大道理,似家常话,却是发自父亲那颗善良、朴实的心,表达了他对家人一生无限的爱。

逝去的美味

倾 倾

我是1966年生的。1972年，我上小学一年级。那时的理想是天天有馒头蘸白糖、蘸芝麻酱就好了，要是有油炸馒头片蘸白糖，就赛神仙了！白糖和芝麻酱都是按月定量供应，要是没有副食本，有钱你也买不来。为了阻止哥哥、姐姐和我对白糖和芝麻酱的贪吃无厌，父亲通常要把这些好吃的锁在柜子里。有一回我发现了父亲藏的钥匙，就偷着吃，一次只敢吃一小勺儿白糖或芝麻酱，怕被父亲发现挨揍。受命去买芝麻酱时也一定要"贪污"一些：回家时一路走一路舔，回到家往往免不了父母一通"审讯"。

家里吃肉，平时买2角的肉炒菜。猪肉也是定量供应，买2角的就不用写本儿了，有时家里人轮流去买，都买2角的，这样，可以多买点儿。周末买3角的肉馅包饺子、蒸混合面（玉米面和白面）菜团子，很好了！再奢侈一点儿，买5角的肉，那是家里来客人的饭食，平常，甭想！记得最深的是父亲工厂食堂的美味：

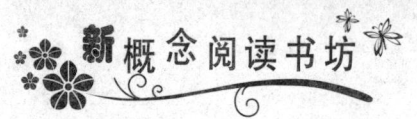

猪油炸的大大的油饼（比现在的油饼大一倍），那叫一个香啊！夹在馒头里吃不用就菜，早晨要是能蘸着甜豆浆吃，就更是没的比了。还有猪油烧的长条茄子，茄子炸得很透，然后上锅烧，最后勾上稀芡，那茄子块儿软得都快没魂儿了，入口即化，虽然是芡汁多茄子少，可是真好吃啊！

那时几乎所有食品都是定量供应，花生油一人每月半斤，不够吃，家家炼大油（在北京也叫荤油）。炼大油用的猪网油（板儿油）也是凭本供应，炼大油剩下的油渣儿是好东西，撒上椒盐，是不错的下酒菜，还可以烙脂油饼、做馅儿，香！

那时带鱼卖0.25元一斤，好一点儿的卖0.35元或0.38元，过年吃的。压岁钱是崭新的1角或2角的毛票，连号儿的，要是有一张5角的就是大份儿了！过年时的一大念想儿是凭本特供的每人半斤花生，2两还是3两瓜子。等一年才能吃到这种东西啊！我口比较刁，专拣着瓜子吃，就知道瓜子比花生还香！过年时，家里还要买一二斤杂拌儿（什锦果脯），杂拌儿糖（什锦糖块），还有棍状的关东糖（麦芽糖）。母亲要蒸出好多馒头、枣卷儿，还要炸胡萝卜素丸子，炸排叉儿，炸带鱼，用花椒、大料（八角）、桂皮煮出二三寸见方的膘儿很厚的白肉方子，这白肉切了做回锅肉，香极了！所有这些吃食都要放在小缸里、锅里，再搁到屋外挂上（那时没冰箱），一直可以吃到正月十五。

平时，一般穷人家流行吃熘肥肉片儿解馋，放葱、蒜、酱油勾上厚芡，肉片吃完了，浸满油脂的厚芡就米饭也很香，也可以当肉吃！那时的人们肚子空，缺油水儿啊！鸡蛋，稀罕物，很少吃，不过那时的鸡蛋应该是土鸡下的。1983年考大学时，我才有每天一个的特殊待遇。

那时冬天吃自己存的大白菜，家家腌雪里蕻、芥菜疙瘩。记得母亲用粗盐和花椒腌，腌一冬，要不断倒缸，到来年清明把芥菜疙瘩用腌汤熬熟，晾干，能搁好长时间不坏，熟芥菜疙瘩口感很好，父母至今还很爱吃。虽不是东北人，母亲也要泡一小缸酸菜。秋天母亲还要晾些茄子干、豆角干、小白菜干。这些咸菜、干菜正好在春天蔬菜青黄不接时接短儿。可别小看这些贫贱货色，在母亲手里照样可以做出好吃的东西。春节时用茄子干炖肉，能炖出蘑菇味儿来。小白菜干泡了做馅包饺子，别有一股清香的味道。雪里蕻熬豆腐更是一道平民易得的美味。

无论什么季节，副食店或菜站来了稍微好一点儿的细菜，都要排大队，去晚了就没了。可那时的西红柿、茄子、黄瓜、蒜苗，有味儿啊！再往后，冬天开始有大棚菜了，很贵！只有过年才买一些，不过买回来的多是冻的，记得即使是冻烂的柿子椒，炒肉的味儿都特香！那时候少啊。记得还有一种紫根儿的特别细的韭菜，比现在市面上的短一半，俗称"野鸡脖儿"，滋味鲜极浓极，那才叫真正的韭菜呢！那时过年才到大的菜市场置办年货，有名的是：东单菜市场、西单菜市场、崇文门菜市场、东风市场（新东安）、朝内菜市场这几家，只有那里货全啊。

水果儿少，连汽车尾气都能闻出水果味儿来，要不是父母事先一再警告，肯定也把牙膏当水果吃了，心里还老嘀咕：那东西又凉又甜还有香味儿，不是水果是什么！奇怪！春天揪榆钱儿、槐花，秋天偷别人院子里的枣、桑葚儿，实在馋得没辙，就到药铺花3分钱买一个酸甜的大山楂丸——越吃越饿！这山楂丸舍不得大口嚼着吃，那样就未免太奢侈、太浪费了，要用门牙一点点、

一点点铲下来，在舌头上含化了，再慢慢咽下去，这样才能解馋，才算物尽其用，心里才觉得熨贴。往往是吃一半，另一半用纸包起来留着第二天再吃，一个山楂丸恨不得能吃3天！还有果丹皮，那时的果丹皮山楂味儿极浓，也不能嚼着吃，也要在舌面上含化了再咽下去，方可得其真味。印象比较深的水果还有：沙果、细软多汁的京白梨、一咬嘎嘣脆的纯种小国光苹果、冻柿子、荸荠和菱角。夏天的红糖、小豆冰棍，3分还是2分吧！奶油的5分。吃冰棍时照例也不能嚼着吃，要一点点吮化了才解馋。东直门外第三轧钢厂、摩托车厂用保温瓶打的企业自制防暑汽水（估计就是香料、色素、糖精、苏打配的），汽儿倍儿足，扎凉，猛喝一口脑瓜子生疼！

点心和营养品只有生病时才能吃到一些，点心也就是蛋糕、桃酥、萨其马、江米条儿这些大路货，还有硬邦邦的自来红、自来白（北京的两种月饼），偶尔也能吃到炸糕、糖耳朵、炉打滚、麻花什么的，那时最流行的营养品似乎就是麦乳精和奶粉。

小时候面包可是我心目中的高级食品，很少吃。一次学校组织春游，要带饭，父亲给我买了一个义利牌的大果子面包（里面有果脯和核桃仁儿什么的），还有一根肉肠，母亲给我煮了两个鸡蛋，把我高兴坏了。那时没有纯净水、矿泉水，出去春游或去近郊参加学农劳动，都是自备一个绿色的铝质军用水壶，灌上白开水，斜挎在肩上。我还有一个塑料的伸缩水杯，就是一圈一圈由大到小的塑料环，拉起来是水杯，缩回去可以放在扁圆的塑料盒里。还有一种宝塔糖，印象特别深，黄色圆锥状，锥体表面有纵向的细槽儿，别以为那是什么精致的糖果，那是给小孩吃的打蛔虫的药！可它毕竟是甜的呀，所以当初我们可是真心实意当糖来吃的。

那时凡是和粮食沾边儿的食品都要粮票，买1斤点心好像是要6两粮票，早晨吃早点，一个油饼要2两粮票，一碗豆浆或粥也要1两粮票。后来过渡到没有粮票也可以买油饼，不过得加钱，8分钱一个。粮

108

票还分地方粮票和全国粮票，1983年我到外地上大学前，家里给我换了60斤全国粮票，换全国粮票要按一定比例交足地方用的米票、面票、粗粮票和食用油票。说到粮票，有件事让我至今记忆犹新，一次和哥哥路过粮店，偶然发现来了白薯，这可是那时不常有的事情，粮店门口已经排起了长队，于是哥哥果断决定由他排队，命我火速回家取粮本和粮票。待我再赶回粮店，队里已没有了哥哥，我断定哥哥已经排到门里面去了，这时门口秩序比较混乱，堆了很多人，我没有喊哥哥，而是奋力挤进门，把粮本和粮票塞到哥哥手里，最后终于胜利地买到白薯！为这事，我和哥哥受到了父母很少有的表扬，母亲还特别夸我表现得非常机智。也许是觉得家里的两个小男子汉终于懂得要担当起家庭的责任了，这让父母备感欣慰吧！真是穷人的孩子早当家啊！那时白薯可是少有的可以换换口味的粮食，一般是蒸着吃，也可以切成小块熬玉米面儿粥

喝，我对这香香甜甜的白薯玉米面儿粥百吃不厌，家里每次做我都喝好几碗。

那时饮食也像现在吃麻小儿（麻辣小龙虾），水煮、香辣什么的，也有流行食品。比如记不得哪一年秋天西红柿泛滥，于是家家兴做西红柿酱，把成筐的西红柿搬回家，洗了切了塞到瓶子里，上锅蒸，最好是用医院的葡萄糖瓶子做，因为瓶口小，又是橡胶塞子，所以密封性好，不容易坏。吃的时候可就费了劲了，先得用筷子搅，再用力甩才能出来，那瓶子口小肚子大啊。这样大冬天也可以吃到西红柿炒鸡蛋了。还别说，这土西红柿酱可比现在的大棚西红柿有味儿多了，那可是自然成熟的西红柿做的啊，而且绝对没有防腐剂。

唉，儿时的美味，永不再来！

我总觉得小时候吃的东西是如此美味。好比一块烤地瓜，记忆中的甜香滋味为何与现在有如此落差，再也寻不到童年那种香甜筋道的烤地瓜，难道是失去了滋味？其实蕴含的不是食物本身而是当时吃下的感动。也许时代的富裕改变了人们与食物之间的关系，尽管食物美味依旧，但人们所处的环境已不同于当年，当年的美味已化为记忆。

我要对你说

随着时代的发展，现在的食品已经琳琅满目，但是对任何一个人来说，值得回味的仍然是孩提时代那些简单的食物。也许那些食物并不美味，但回忆那时的情景却无限美好。逝去的，往往却是美味的。

看看另一面

魏悦香

刚进入修道院的年轻修女正在织地毯，这个工作她已经做了好几个星期了。

有一天，她因无法忍受而要拂袖离去。"我再也做不下去了！"她说道，"给我的指示简直不知所云，我一直在用鲜黄色的线织，却突然打结，把线剪断，完全没有道理，真是浪费。"

在另一旁织毯的老修女说："孩子，你看挂毯的位置不对。你坐在

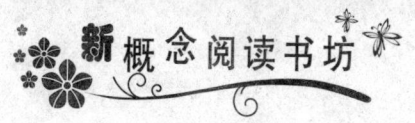

背后，一直在织的只是很小的一部分。"

老修女带她走到工作室里摊开的毯子前面，年轻的修女看到了：原来她在织的是一幅美丽的《三来朝》图，黄线织出的是圣婴头上光环部分。看上去是浪费和没意义的工作，竟然那么伟大。

没有哪一件工作是没有意义的，每一个过程都成就了另一个过程，每一个环节都相连，整体就会和谐美好。

对你说

如果没有成千上亿的细胞，就不会组成炫美多姿的生命体。我们面对工作与生活，少一分埋怨，多一分坚持。你会知道，有你的一份贡献，才有整个社会的发展。

幸福的计算法

陈 益

一

一位朋友很郑重地对我说:"我计算过了,我们所居住的地方,生活水准可以算是一流的。"脸上不由洋溢出幸福感。

幸福是模糊概念,有时甚至只是一种感觉,可他居然能将它计算出来,真是很新鲜。他说他有自己的计算方法,完全撇开恩格尔系数、工资与物价涨幅、社会福利设施之类经济学家的标准,算过以后,却也让人找到自己的心理取向,成为知足者常乐队伍中的一员。

我想起有一次在成都开往陕西安康的火车上,遇见的几位教授。他们是去参加一个学术研讨会后顺道旅游的。大家无意中聊起了东西部经济的差异和互补。复旦大学的教授说,东部沿海地区也是经历过贫穷的。三十

多年前他刚刚调回上海,在市郊农民家里借了间房子栖身。当时菜场里根本买不到鸡,他就骑了一辆自行车,来到苏沪交界处的某个小镇,偷偷地买了一只草鸡,让全家人过了一个难忘的星期天。这样的事,在当时竟不敢公开做。

重提斯文扫地的往事,他却也满脸幸福。

我的那位计算出生活具有一流水平的朋友,确实从不怨天尤人,兢兢业业地做着一份该做的事,与蝇营狗苟与利欲者之流完全不同。生活质量随着社会水准的上升而上升,他却比别人少了一份无端的烦恼。

当然也有人讽刺他为阿Q精神。他却不愠不火地笑道:"你用假洋鬼子的哭丧棒打我,我还是这么计算……"

毫无疑问,再过若干年,回头看今天的"一流",会发现根本不值得夸耀。可要是不计算,我们又该从哪儿去寻找幸福的感觉呢?

二

我去滇西北的丽江古城,听到了一个故事。

一位外国游客走在流水淙淙、古风依然的街巷里,举起照相机到处拍照,觉得一切都是那么迷人。无意中看见一个身体很健康的纳西族老太太,正悠闲地坐在家门口,一边品着浓浓的沱茶,一边饶有兴趣地打量着各式各样的游客。

于是老外与她攀谈了起来。

"老人家,你就是这样,每天用看风景来打发时间吗?"

纳西族老太回答道:"是的,我已经看了好几十年风景,还想看几十年。"

"啊哈,"老外又说,"看来你是觉得很有意思,才这样做的。这里很安逸,很宁静,是吗?"

纳西族老太说:"是的,这里很安逸,很宁静。"

"可是你有没有想过,光是看风景,会感到非常单调?假如你找到一份赚钱的工作,然后努力地去干,就能有不少经济收入。你富裕以后,就能盖一幢漂亮的房子,就能乘汽车到外地去看风景,外面的世界很大啊……"

老太太笑道:"我出过门,可比来比去还是丽江好。我每天在家门口看风景,已经很满足了,再也不需要别的什么了。"

老外摊开双手耸了耸肩,满脸疑惑,但他最终还是理解了纳西族老太太的想法。确实,她享受的安逸与宁静,是别人难以享受到的。

这个故事使我想起了德国作家海因里希·伯尔的随笔《懒惰哲学趣话》。纳西族老太太的智慧,竟与伯尔笔下的渔夫有异曲同工之妙——别人以为她正在失去,她却说自己已经得到。

三

出身于农家的国画大师齐白石,曾经作过一幅《他日相呼图》。画面上的两只雏鸡,正奋力争食一条蚯蚓。画家是善良而幽默的,他希望幼稚的生灵长大以后食必相呼,互亲互爱。

然而,如果两只雏鸡在一条蚯蚓面前忍着饥饿,谁也不肯啄一口,倒是让人感到滑稽了。

在生存欲望的驱使下,人很难有理性的节制。谦让是永远不会毫无

缘由的。人生目标的激发，常常令人抛开世俗的羁绊，扑入竞争的涡流。

乞讨是一种方式，索取是一种方式。相比而言，乞讨是被动的，索取是主动的。一个乞丐必须指望别人的恩赐来安排自己的晚餐，但渔夫能在滔天的海浪里捕获凶猛的鲸鱼。

作为竞争姿态，索取是理直气壮的。当然要支付代价、经受磨难，甚至久取不得。但是比起卑躬屈膝地乞讨，你展示着自己的价值取向，它是那样地正大光明。志存高远者，不仅向世界索取，也向自己索取——谁能想象，自己才是一口从未见过底的深井。

向他人索取，并不意味着以金钱来交换。索取与给予，其实是相互的，但是有一条必须记住：什么时候都应该站着索取，而不能跪着乞讨。

四

有一则古希腊故事说，某天，一艘轮船在海上遇到大风浪，颠簸得很厉害。船上的人都惊慌失措，只有一位哲学家神情自若。原来，他是由于看到一只贪婪吞食的猪，根本不为风浪所动，从而大受启发。

他感慨道，这猪真是令人崇拜。真正的哲学家应该在任何时候都不失态。

这位希腊哲学家未免偏激，竟然将猪放到了如此崇高的位置，真让人感到汗颜。可是仔细想想，其中的道理的确挺深刻。

人生不是止水，总会出现许多出乎意料之事。泰山崩于前而色不变，风波骤起而泰然处之，就显得很重要。转危为安往往需要高超的心智，也需要好的心态。多思索而少激动，多镇定而少浮躁，多宽容而少嫉妒，多仁爱而少仇恨，人生才会变得更加美丽。

然而，欲望的无节制膨胀，往往使人丧失理智，一有风吹草动，便蜂拥而上。前几年经济界头脑发热的情景，不还在眼前？那时候一块砖头扔上街，能砸倒三个经理。哪儿都把斗大的"发"字写在了门楣上，谁不抓住机会赚钱，谁就是彻底的傻瓜。可是结果呢？

一个总爱赶时髦的人是没有头脑的，一个太多流行的社会是幼稚的。我们正是由于不为自己的失态而惭愧，而常常失志。

平心而论，自以为高明的人，有时候还真的不如猪。

我要对你说

幸福不是竞争中的名利双收，不是事业上的春风得意，不是生活中的锦衣玉食，而是一种低姿态的满足感，一种敬畏生命的快乐，一种博爱的情怀，只有用它们来计算幸福才能获得最完美的人生状态。

访 兰

贾平凹

父亲喜欢兰草，过些日子，就要到深山中一趟，带回些野兰来培栽。几年间，家里庭院就有了百十余品种，像要做一个兰草园圃似的。方圆十几里的人就都跑来观赏，父亲并不因此而得意，反倒有几分愠怒。以后又进山去，可不再带回那些野生野长的兰草了。这事使我很奇怪，问他，又不肯说，只是有一次再进山的时候，要我和他一块儿去访兰。

我们走了半天，一直到了山的深处。那里有一道瀑布，从几十丈高的山崖直直垂下，老远就听到了轰轰隆隆的响声，水沫扬起来，弥漫了半个天空，日光在上面浮着，映出七彩迷丽的虚幻。我们沿谷底走，便看见有很多野兰草，盈尺高的，都开了淡淡的兰花，像就地铺着一层寒烟；香气浓烈极了，气浪一冲，站在峡谷的任何地方都闻到了。

我从未见过这么清妙的兰草，连声叫好，要动手挖。父亲却把我制止了，问道："你觉得这里的兰草好呢，还是家里的那些好呢？"

我说："这里的好！"

"怎么好呢？"

我却说不出来，"好像是味

儿不同吗？"

"是的。"

"这是为什么？一样的兰草，长在两个地方就有两个味儿？"

父亲说："兰草是空谷的幽物，得的是天地自然的原气，长的是山野水畔的趣姿；一经培栽，便成了玩赏的盆景。"

"但它确实叶更嫩，花更繁、更大了呢！"

"样子似乎是美了，但美得太甜、太媚，格调也就俗了。"

父亲的话是对的，但我不禁惋惜：这么精神的野兰在这么个空谷僻野，叶是为谁长的，花是为谁开的，会有几个人欣赏它呢？

"这正是它的不俗处。它不为被欣赏而生长，却为着自己的特色而存在着，所以它才长得叶纯，开得花纯，楚楚的有着它的灵性。"

父亲拉我坐在潭边。他看着兰，也在看着我，说："做人也是这样啊，孩子！人活在世上，不能失了自己的真性，献媚处事，就像盆景中的兰草一样降了品格；低俗的人不会对社会有贡献的。"

我深深地记着父亲的话。从那以后，已经是15年过去了，我一直未敢忘却过。

曲径通幽，深谷中的兰花空灵而馨香，让人沉醉。现实中的人也和兰花一样，并不需要名利的衬托，世俗的赞誉，只要保持自己的真性，就能活得自然而有意义。

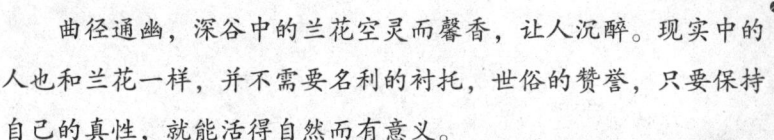

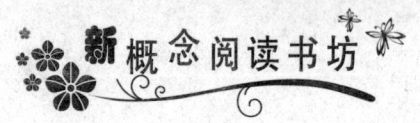

我的喜剧生涯

任 田

昨晚几个朋友小酌,突然说起童年时的容貌来,我总算逮到机会自恋一把,于是大吼:"小时候我那个标致啊……"一言既出,满座投来同情的目光,谁都知道,小时候美丽的女孩,长大必如我现在这般猫三狗四;但我如果不用力抓住这个机会,谁会知道我曾经美丽?

美不美丽,对于身为女子的我至关重要,但是对我的父母却并不重要。

刚工作的时候,我曾因为受人排挤心情压抑,居然跟领导托辞说母亲病了,一溜烟逃回西安。我的父亲,堪称黑色幽默大师,在家里挂俩气球迎接逃兵,气球上写着:欢迎任田。

我很尴尬,觍着脸在家里混了几天,终于决定还是回单位。那天晚上,父亲找我谈话。他说:"你知道你差点被遗弃吗?"我大惊,虎着脸叫:"谁敢?谁这么恶毒?"他答,"因为你小的时候总是发烧,医疗条件又不好,我们给你吃的退烧药里面有很严重的毒副作用。那时候,我们总以为你养不大的。"我急忙问:"后来呢?我怎么样?"父亲平静地说:"当然是养大了呗,但我们又担心你傻,因为你吃下去的那个剂量,医生说就是头牛也傻了。"我愣,半天憋红了脸才说:"你们于是就想干掉我?想甩了我?"父亲点点头,"那是你姥姥的主意,但你妈死活不肯,抱着你要同归于尽。后来我说,孩子再傻也是我们的孩子,她傻,我们就努力活得长一点,养到她老。"

父亲说这话的时候表情极认真,看了看我那个孬样子,笑起来:

"后来你上小学,我们好开心;又上中学,我们都笑得合不拢嘴了;等到你大学毕业,居然可以找到工作,经济独立,还谈恋爱……你知道吗?我们就像中了500万大奖一样!"

那个晚上,他一直没有提我那个倒霉的单位的事,也没有说任何励志打气、儿行千里母担忧的话,只是絮絮地,讲我小时候的事:讲我挺漂亮、挺神气,就是有时目光呆滞;讲我上树掏鸟、下河捉虾,夏天光着膀子和院里的小子赛弹弓;讲我妈一会儿设计我当宾馆服务员,一会儿幻想我站柜台卖吃货,反正都是有把子力气就能干不用脑子又实惠的岗位……那时候,我父母的关系本来有点磕磕碰碰不依不饶的,但因为有了这个舍不得遗弃的傻闺女,为了能一直看着傻闺女认字、读书、生活自理,乃至安全嫁掉,两人倒互相体谅,逐渐恩爱起来。听着听着,我的眼泪突然就滚落在手心上,润泽了一大片深深浅浅的掌纹。

在离开家的江湖里,很多人都喜欢读我的文章、找我说话、给我写信、约我玩耍,或者被我的笑话逗得趴在桌子上痉挛;可是在同时,也会有同样多的人不喜欢我、嘲讽挖苦我、找茬消遣我。每当我身心受到重创,深陷悲剧旋涡,恨不得夺窗而出的时候,我都会在刹那之间退回原点,蓦然想起父亲说自己中了500万大奖的表情,一切魔障就都烟消云散,澄清释然,我又重新变回父亲的小女儿,喜剧的女主角。我心知肚明:在工作上我多渺小,在爱情上我多卑微,在亲情上我多骄傲。

孩子是一场家庭剧的主人公,父母的喜乐哀愁都架构在儿女身上,只要孩子过得好,他们就知足了。

化在掌心的糖

晓 余

去年夏天,我带儿子回到老家。老家有年过80的奶奶,喜欢吃核桃,我给她买了一盒核桃仁。

那些看着我长大的乡邻们,见远嫁的我回来了,会不时地过来坐坐,聊聊我小时候的趣事,打听我现在的生活情况,又告诉我儿时的朋友现在何处,生活如何如何。

这天上午,住在奶奶家后面的一位大婶也过来坐,她女儿是我童年的好友。闲聊时,奶奶把我带来的核桃仁拿出来吃,又抓了一大把递给她,她十分客气地在一番推托感谢后接下了。在后来将近一个钟头的谈话中,我和奶奶都吃了许多核桃仁,那位大婶,她从一片完整的核桃仁

上掰下一小块放在口里,细细慢慢地吃了许久,就再也不吃了。我有些奇怪,叫她不要客气,吃完了再抓,她很坚决地拒绝了。我向来大而化之,见她不吃,也没有太坚持,就这样,一直坐到她离开,那把核桃仁,她都没有再动。那么炎热的夏天,我心想,核桃仁该被汗湿了吧?

大婶走后,我起身去后面的房间拿书看,透过那扇小小的窗户,我看到大婶正站在自家小小的厅房里,身边围着三个十岁上下的孩子,我知道那是她的外孙,其中就有我朋友的孩子。孩子们的小手都伸向外婆,而她正一个个地把核桃仁分发给他们,几个孩子分光了外婆手中的核桃仁,坐到门槛上用心地数,开心地吃,而他们的外婆,从门后拿出扫帚弯腰扫地,脸上极其平淡地没有任何表情。

　　我的眼泪夺眶而出,怕被她看到会尴尬,赶紧缩回了身子。

　　依稀记得童年的我,许多次和哥哥骑坐在门槛上,满怀喜悦地分一颗妈妈带回来的硬硬的黑红黑红的水果糖,不知道也不管糖从哪儿来。我总是紧盯着哥哥用手小心地剥开已经和有些化了的糖粘到一起的糖纸,眼巴巴地看他把糖放进嘴里用力咬成两半,再吐出来比较一下,大小差不多,这才各自拿一小块,甜甜地吃,妈妈这时在哪儿,在干什么,我们不知道,只知道那快化了的糖是如此的甜。

　　及至求学在外,每次放假回家,妈妈和奶奶会把积攒了好久的东西拿出来给我们吃,她们留了许久的,也总不过是化成一团的糖,变了味的饼子,长了霉的点心,蔫了干了的水果……我常常会抱怨她们：自己吃了啊!不用留着,都放坏了。可是她们依然一年一年地留。

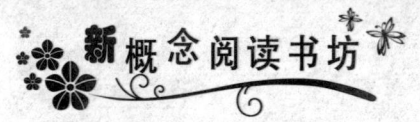

结婚后,有一天带孩子去婆婆家,婆婆招手让孩子跟她到房里去,我悄悄跟进去看祖孙俩玩什么花样,结果看到的是天下母亲都玩的游戏:婆婆从枕头边拿出一个用手帕包得好好的饼子,笑眯眯地塞给我儿子,大概是哪家新媳妇上门按老规矩分发的,也不知道放了几天了。

而今,母亲和婆婆已经先后去世,我也很少再吃糖了,连儿子都不爱吃,家里的糖果总是放到化成一团,然后扔掉,到后来索性不买了。

大婶手中汗湿的核桃仁,妈妈掌心软化了的水果糖,婆婆枕头边放干了的饼子,那样的香和甜,是买不到的。

在文中,掌心中融化的已不是香甜的糖,而是甜蜜的幸福。至亲总是把最好的留给心爱的孩子,这是爱的习惯、心的契合。沉醉在亲情的怀抱中,香甜得沁人心脾。

荒岛上的公爵兰

刘燕敏

挪威有一位叫威廉姆斯的探险家，从20岁开始环球旅行。40年后，几乎走遍了世界上所有著名的荒漠、丛林和深山峡谷。

1982年，在结束南非裂谷带的探险后，记者曾问他有何感想。他说，我始终有两大遗憾：一是为世人遗憾，地球上有那么多瑰丽的景色，世人竟不得一睹；二是为景色遗憾，它们那么壮观美丽，而不为世人所知。

1991年，他到新西兰的斯奈尔斯岛，这次旅行彻底改变了他的这种心态。

斯奈尔斯是新西兰南部的一个小岛，面积6.7平方公里，由于远离新西兰本土，终年人迹罕至。威廉姆斯踏上这座小岛，发现这里竟生长着成片的公爵兰。这种兰，花姿奇秀、香味馥郁，在挪威乃至整个欧洲都被列为群芳之冠。看到这些兰花，他想，这些名贵珍稀的花卉如果在欧洲早就被呵护着去装点总统套房了，可是在这儿它们却寂

寞地生长着，几百年甚至上千年都无人知晓。

正当惋惜之情再一次从心底升起时，不经意间，他发现在一座小山崖上有一窝野蜂，它们正忙碌着，把兰花上的花粉和蜜带回蜂巢。威廉姆斯看着眼前的情景，迷惑好像一下子被解开了。他在当天的旅行日记中这样写道：这一片公爵兰，有这一窝野蜂不就够了吗？有什么可遗憾的呢？世界上奇绝的景色，有一两个探险家走近过、目睹过，不也就行了吗？

威廉姆斯的大部分时间是在野外度过的，他对大自然有许多超乎寻常的感悟。当我坐在书桌旁，合上他那本游记，似乎觉得尘世中的一些迷惑也开始雾尽天朗。一些有才华的人默默无闻，这又有什么可遗憾的呢？威廉姆斯的发现告诉我们：一个人的才华也没有必要在所有的人面前显露，在这个世界上，有一两个人赏识也就足够了。

每个人都有如奇葩，各有卓绝华美之处，因无伯乐而枉自悲伤只是徒劳，因人云亦云而得来的赞誉更是空洞。当高山流水之音奏响，人才会发现，这些都淡然如水，只有知音的相伴才是自己永远的慰藉和快乐。

水流最低处有颗珊瑚心

漂 萍

我是一个人去的青海湖。

那是美丽的6月。

车是从西宁出发的,一路的陌生和新奇,也是一路的寂寥。车上多是成群结队的游客,唯我瑟缩着单薄的身子,靠着司机副手的那个座位,寂寞地观赏车窗外急急掠过的高原风景。

一路有穿着红色藏袍的小伙子,赶着庞大的羊群队伍缓缓蠕动于我的感动之中,感动于他们安详的迁徙和流浪。我也流浪,但我不安详。我是一条在城市的人海里游来游去的鱼,我熟悉那里的水温和环境,然而正是那浑浊的环境让我窒息。我之所以千里迢迢辗转来到高原,就是为了逃避尘世的苦闷与烦恼。

我的烦恼来自我的工作,作为一名著名杂志的编辑,我的敬业、我的成绩每每令同事嫉妒。所有暗箭在我不设防的

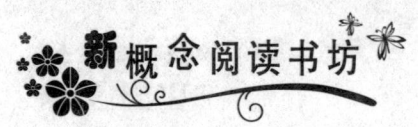

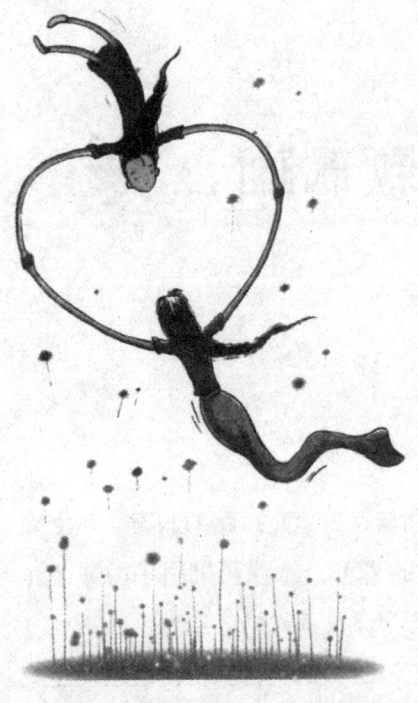

时候呼啸而来，刺得我遍体鳞伤。

我既无招架之功，亦无还手之力，实在难以坚持，便选择了青藏高原，希冀这片净土上的新鲜空气能拂去我满心的委屈和沮丧，希冀青海湖的水为我清洗累累的伤痕。

在我的印象中，青藏高原是人类最后的一片净土，我希望它能安慰我受伤的心灵，让我的灵魂得以宁静，达到超越和高洁。我不知道我是否能够达到超越和高洁，但我来了，我的来临就是一种世俗的超越。

我的头靠在窗上，车颠得厉害，我与车窗的碰撞让司机吃惊，"你不疼吗？"他向我转过头：一张年轻而轮廓分明的脸，长发及肩。他的口齿仿佛不太伶俐，说得慢而拘谨。

我侧头看着他，"你不是汉族人吧？"我问。他回头笑了一笑，说："我是藏族人。"

藏族人？他穿着牛仔裤，红色T恤，脖子上挂着一枚用丝线穿着的红珠子，脸庞是黑红色的，青青的下巴上有一层茁壮的胡须的芽，他的块头是汉族人少有的魁梧和剽悍，让人联想到安全与健康、清澈与透明。而在滚滚红尘里，又有多少人能让人感到安全和健康呢？在这个金钱、权利和欲望横行的世道里，有多少人还是清澈透明的呢？

快到日月山了，车窗上已经蒙上了一层水汽。导游小姐说外面的气温只有七八度，让我们下车时做好防寒准备。我来自有火炉之称的武汉，尽管有所准备，也只备了春装，我不打算下车了。

"山上有藏袍出租，很漂亮。穿上可以照相，又不冷。"藏族小伙子对我说，他的眼里有一种关切，让我感到温暖。

我听从了他的建议，在一位藏族大嫂手上挑了一件红色藏袍，戴上毛茸茸的藏帽，那个藏族小伙子抱了一只雪白的小羊羔递给我，"这样就更像个牧羊女了。"他说。我就这样穿着藏袍、怀抱羊羔拍了两张"牧羊女"照片，还与一头"双眼皮"的牦牛合了影。那一刻的快乐无与伦比。我在那时有了一个奇异的念头：就这样留下吧，不走了，就在这个纯净的地方做一个纯净的牧羊女吧！

传说中的日月山是文成公主下嫁松赞干布，进藏和亲时摔宝镜的地方。因为是6月，漫无边际的草原披上了一层浅绿，起伏蜿蜒，美得令人不忍错目。我站在山顶高处，寒风拂面，看着浅灰色的薄云低低地徘徊在几乎触手可及的地方，心灵空旷纯净，俗世的烦扰与尘烟无影无踪。此刻，我多么希望能像风一样自由地驰骋于这片曾经充满血性和激情、粗豪和剽悍的雪域高原啊！

我在下山的路边买了一堆藏饰，那种铁质的、古朴的、富有吉祥寓

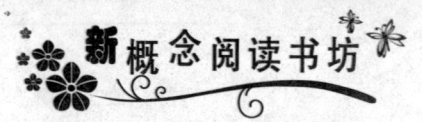

意的小饰物给了我莫大的喜悦。我花花绿绿地挂满了一脖子和手臂，满心简单的快乐。小伙子一直陪伴在我左右，用藏语为我讨价还价，为我挑选。

车又启动，去青海湖。渐行渐近了。

"如果你看到一片浅蓝色和天连在一起，那就是青海湖了。"藏族小伙子说。

那抹淡淡的浅蓝终于由远及近了，蜿蜒透迤，延绵不绝。那是怎样的蓝啊！清澈、透明、恬静、柔和，如一面巨大的蓝色丝绸平铺在地面上，那点点微波好似微风吹拂绸面而起的皱折。那么壮阔，那么浩渺，那么无垠，那么震撼我心！

我发出一声轻叹。我遗憾此时为什么我不是个牧羊女，为什么不是喝着奶茶、骑在马背踏遍草原的游牧人呢？如果可能，我愿意放弃一切，归隐到这个世外桃源！

我的眼里也慢慢积起一汪湖水，我是个感性的女子，任何触动都会使我热泪盈眶。

车终于停了下来，我终于可以涉水而下。我站在浅浅的水里，水有点凉，是那种沁人心脾的凉爽。他很善解人意，帮我抓拍了很多照片。他指着极远处水面上的一座小小岛屿介绍说："那里有个尼姑岛，岛上住着十几个尼姑。"我极为惊讶："是真的？""不哄你。"他认真地说。

我问他是不是任何女子都可以来此小岛做尼姑，他说不是的，也要经过很多手续的。

"要是可以，我也来。"我说。他长久地看着我，然后甩甩头，说："你来到这么美丽的地方，应该高兴才对，但你为什么总是那么忧郁呢？"

我能对这个藏族男人说什么呢？说都市的喧嚣浮华，说工作的辛苦、人际关系的微妙复杂？他是个远离都市的高原人，能理解多少？

我双手掬起一捧湖水，喝了，微咸而涩。青海湖，你能为我洗去心底的伤痛和苦恼吗？面前的湖水漾起点点涟漪，那是我的眼泪滴在水里……

藏族小伙子奇怪地弯下腰看我的脸，他胸口那颗红色的珠子垂直地挂下来，他的眼睛里盛满疑惑。我抹去泪水，不好意思地冲他笑了笑。我怎么会对一个素昧平生的男人诉说自己的心情呢？但我不忍冷落他的关心，只好说："每个人都有各自的烦恼和苦闷，难道你没有吗？"

他居然笑了，他坐在湖边粗糙的沙石上，慢慢地说："人啊，只要活在这个世界上，就不会脱离尘世的烦恼。像你这样带着烦恼来这里散心的旅客太多啦！不过，即使走了这一遭，又能解决什么问题呢？你的心如果被一种桎梏锁住，散心只能是暂时放松，并不能彻底超脱。所以，最重要的是学会解开自己心里的锁。"他停顿了一下，看着我的眼睛说："你这么忧郁，一定遇到过什么挫折，心里一定有一个结没有打开，这个结固执地梗塞在你的心里，折磨着你。我不知道你为什么而苦恼，但你要坚信一句话：只要你学会感恩每个人和每一件事，用感恩的心过日子，你就舒畅多了。我还告诉你一句我们藏族人非常推崇的佛心慧语：海之所以宽广，是在于它处于水流的最低处！"

这话如醍醐灌顶，我呆立着，定定地看着他——这个看似粗犷的藏族小伙子，他的脑海里竟然装满令人吃惊的慧言哲语？太让人不可思议了！我原先的那些心结，居然被这个藏族小伙子用两句话便轻易地化解了。

感恩？是的，生活中应该为之感恩的人和事太多太多了。我为什么忽略了单位领导破格录取我的恩情？为什么忽略了自己孤苦无依时，那一双双扶我上马、送我一程的手？

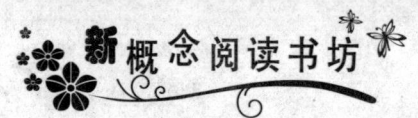

为什么在激流的冲撞中,我不能保持冷静和缄默?——因为自己忽略了感恩,而过多地在乎荣誉,在乎被肯定,在乎别人的评价,在乎付出与得到成正比;因为忽略了感恩,没有了感恩的心,人就活在了感情的沙漠中。原来,我所有的苦闷的心结,居然就在自己身上。如果我把自己放在水流的最低处,我不但不会失去什么,反而会凝聚更多的涵养与包容。这就是生活的智慧吧!

临别时,藏族小伙子居然摘下他脖子上的那颗红色珠子送给我,他说:"这个是珊瑚,就是在青海湖里生长的,是由无数珊瑚虫的躯体骨骼经历漫长的岁月的磨砺聚集而成,它是湖的精灵,你时刻挂在心口,相信它能为你驱除烦恼和忧伤。"他把珊瑚小心地挂到我的脖子上,这颗小小的红色珠子就静静地垂在我的胸口,像一颗鲜红的心。

我细细搓摩那颗鲜红的珠子,再次热泪盈眶。这颗美丽的珊瑚,还有那两句佛心慧语,从此被我深深珍藏。

记得有这样一个故事:一个小和尚问自己的师傅什么是佛道,师父说佛道就是吃饭、睡觉。是的,一切就这么简单。幸福也一样,幸福可以是一杯茶、一枝花、一句呢喃,也可以是一个简单的拥抱,幸福其实就在你的身边。

一本人生的大书

春 子

母亲第一次从乡下来看我,她最惊讶于书房里我积存起来的书。她把书架、书柜、书桌擦了一遍又一遍,然后望着那盆吊兰,浅浅的笑浮在嘴角……

母亲不识字,可是书在她的心中是神圣的东西。小时候,家里条件不好。母亲说,越是家里穷越得上学。我们兄弟就一个一个走进了学校。新课本发下来了,母亲就去邻居家里要来一张或两张报纸(邻居是村上的会计),为我们包好书皮。她的手指很灵巧,四个书角上旋出四朵花,用河边的野花染成七彩,很美。她说:"书本里尽是知识,要记好,长大了管用。"

母亲最喜欢看我们读书,或者说是"唱"书。我们在煤油灯下,在院子里的树荫下,在向阳的房前,或坐或站,把书举在头顶或捧在胸前,哇啦哇啦地喊或唱,看谁背得快,看谁声音高。虽然课文内容不一样,虽然母亲不一定听出是

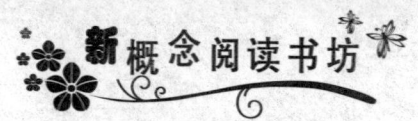

　　什么，但她喜欢。她纳着鞋底，或者摇着纺车，望着我们摇头晃脑地读书，一个劲儿地笑……她不让我们帮她干活。她说："你们只要好好念书就行了。"结果，不识字的母亲供出了几个大学生！

　　上大学的时候，家里经济更加困难。父亲和母亲说，再难也要让我们上大学！母亲把我们用过的所有课本都留着，存了一个大箱子，整整齐齐的。她看着这些书说，上到这一步了，咋着也要上完……多不容易呀！

　　母亲还留着我们用过的作业本，特别是我们的作文本。她说这是我们从脑子里想出来的东西，很宝贵。她没有像邻居五婶一样，把它们当成废纸卖掉，她认真地为我们存放着。现在，我们读着当年的只言片语，感到特别亲切。她说，写过字的纸比没有字的纸宝贵，上面说不准有有用的东西。母亲说这句话是有原因的，因为她曾随手把人家借外公五元钱的一个借条当成引火纸烧了，那时，五元钱可不是一个小数目……

　　一天，和几个朋友联欢回来，我有些醉意。母亲给我倒了杯水，看我喝下后说:"你有这么多书本,得好好看,可不能摆在那里做样儿……"

母亲的话很轻,却重重地提醒了我。是呀,现在条件好了,买了那么多书,我却没有认真读上一本!

想一想,母亲就是一本人生的大书呀!

母亲仿佛是一本人生的大书,书中记录着含辛茹苦的养育之恩,抒写着浓厚的抚慰之爱。身为人子,让我们常怀感恩的心,解读人生亲情的真味吧!

拐　杖

黑　白

雨下得很大，很冷。

教室里，北悄悄地对南说："瞧！那边墙角落里蜷缩着一个瘸子。"

南往窗外望，轻轻地问："哪儿？"

北伸出食指朝那儿一指。果然，远远的墙角落里，一个汉子，一手撑着拐杖，一手提着沉甸甸的米袋，立在那儿。

南的眼里闪过一道亮光。

北察觉了南抑制不住的激动，问南："你认识那个瘸子？"

南说："他不是瘸子。"

北说："不是瘸子，又是啥，明摆着，他不是撑着拐杖吗？你认识他？"

南摇了摇头，心情无法平静。

下课了。雨下得更密密匝匝了。

北发现南冒雨偷偷地跑到了墙角边，和那个瘸子比比画画、亲亲热热地交谈着。

南回来，北马上追问："南，你还是说说那瘸子，他是谁？"

南说："他不是瘸子。"

北说："不是瘸子，用拐杖干吗？你会不认识他？"

南摇了摇头，盯着北不语。

北说："难道是你爹？你爹是个瘸子？哈哈哈……你爹原来是个瘸

子……"

南的脑袋嗡嗡嗡地直响,他的小手紧紧地攥成了小小的拳头。"啪"的一响,北"哎呀"一声跌在了地上。教室里,哄堂大笑。

铃响了,北报告了老师。

老师问南:"干吗打北?"

南咬了咬牙,倔强地在课堂上站满了45分钟。

放学了,雨仍淅淅沥沥地下。

南送父亲出校门,南说:"爹,下个月的米,我自己回家拿,你大老远地送一趟很辛苦。"

父亲一手撑着拐杖,一手拎着米袋,仿佛什么也没有听到。

南又说:"爹,下个月的米,我自己回家拿,好吗?"

父亲笑了笑,说:"南,你好好念书,其他什么也别想,下个月的米我按时送来。"

望着父亲一瘸一瘸远去的背影,南忍不住落下了泪水。

雨停了。夜晚的教室静静的。

父亲一瘸一瘸的背影,铿铿锵锵的拐杖声,平平仄仄地击打着南幼小的心灵。

南偷偷地翻开珍藏的日记本。一笔一画,一笔一画,写下刚劲有力的两个大字——"拐杖"。

一股丹田之气溢满了他的全身。

南的心在不断地升腾。

 我要对你说

　　拐杖的铿锵声,不仅打在南的心中,也在每个人的心中回荡。在平静中感受温情,在风雨中感受温暖,这就是亲情——值得所有人赞叹的亲情。

第三章 Chapter 3

简单的希望

在生活中,有很多的事情不去做,就是在行善;而能够一直坚持不去做某些事情,就是在行大善。

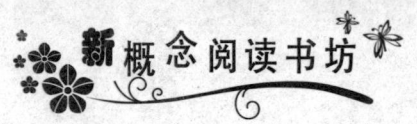

雨中小贩

莫小米

从早晨起就大雨滂沱，路边几个叫卖食品的小贩一直无生意。

快到中午，卖烤饼的大概是饿了，就吃一块自己烤的饼。他已烤好一大叠，反正也卖不出去。

卖西瓜的坐着无聊，也就敲开一个西瓜来吃。

卖辣香干的开始吃辣香干。

卖杨梅的也只好吃杨梅了。

雨一直下着，四个小贩一直这样吃着。卖杨梅的吃得酸死了，卖辣香干的吃得辣死了，卖烤饼的吃得口渴死了，卖西瓜的吃得肚皮胀死了。

这时从雨中嘻嘻哈哈冲过来四个年轻人，他们从四个小贩那儿把这四样东西都买齐了，坐到附近的亭子里吃，有香有辣，酸酸甜甜，味道好极了。

 我要对你说

人不能仅限于满足物质上的单纯自给自足，精神上的富足才是真正的富有。品尝过酸甜苦辣的滋味，你才会领略生活真正的意义。

麻烦的妙处

感 动

生活中处处都少不了麻烦,这些麻烦常常令人不舒服、反感甚至苦恼。但是仔细品味麻烦,还可以从中发现一些生存的道理。

祖父曾讲过东北农村的一个旧俗:有行路人讨水喝时,主人一定会舀一瓢清凉的井水奉上,但口渴难耐的行路人接过水瓢时总会发现,水上漂着一层草末或米糠。这让行路人在喝水时很费力,必须吹开水上的杂物,喝上一小口,再吹开,再喝一小口。

原本清澈的井水,却被撒了草末和米糠,表面看来,是施水于人的主人心存不良,但是行路人却要因此感谢主人。原来,行路口渴的人突然见到清冽的凉水,往往会一饮而下,冷热交加,会造成胃肠痉挛,严重者会危及生命。

谁会想到,这些漂在水上的"麻烦",其实是一种保护和关爱。

每到夏天,北极大陆边缘便蚊蝇肆虐,因纽特人饱受蚊虫叮咬的困扰,蚊虫就成了他们生活中最可恶的麻烦。但是,因纽特人不但不反感这些蚊子和苍蝇,却还视这些蚊虫为神物。

原来,蚊虫在叮咬因纽特人的同时,也在骚扰着草原上的驯鹿,驯鹿无法忍受叮咬,就纷纷奔向寒冷的北部。因纽特人熟知这一规律,便在鹿群行经处设置陷阱,捕获它们,晒制肉干,这样一来,他们一年的口粮便无忧了。

对于因纽特人来说,叮咬他们的蚊虫是可恶的麻烦,但更是他们赖

以生存的力量。

小兴安岭盛产一种叫毛榛的坚果，林中的桦鼠非常喜欢采食。榛树是一种灌木，其中一种生满尖刺，另一种却光滑无刺。带刺榛树上的毛榛很小，桦鼠在采食时，必须小心翼翼，以躲避锋利的尖刺，而不带刺的榛树往往长得高大，果实也个大饱满。但是，桦鼠却宁可吃带刺榛树上的果实，却对另一种毛榛视而不见。

桦鼠为什么不怕麻烦，舍易取难？人们发现了这个谜底：因为不带刺的毛榛树没有危险，树丛中也就栖息着蛇、獾等其他动物，而这些动物是桦鼠的天敌。对于桦鼠来说，到不带刺的毛榛树丛中去，其实是步入险境，而带刺的毛榛树的刺虽然给它造成了麻烦，却也成了它免受伤害的保护伞。

榛树上的麻烦，看似是一种伤害，实则是一种保护。

总期盼生活尽善尽美，而美好与麻烦却是一对孪生兄弟，人们因此诅咒麻烦，想摆脱麻烦，却忘记了，那些令人讨厌的麻烦，恰恰也是造物主给予的恩赐与庇护，因为它们的存在，万物才会得享生存之美好。所以，我们要感恩于生活中的那些麻烦。

生活中总有许多不让人喜欢的麻烦，漂着草末的凉水，四处叮咬的蚊虫，生满尖刺的毛榛。可是推开另一扇窗，这一个个麻烦却变成了另一种幸运。有时候，是麻烦还是美好，就看你开的是哪一扇窗。

孩子是大师

沈岳明

德国青年卜劳恩，又一次失业了。他满大街地转了一天，依然没有找到工作。情绪极度低落的卜劳恩去酒吧坐了半天，直到将身上最后一块钱换了酒喝下肚后，才拖着疲惫的身躯回到家。可是，家里也不是天堂，他寄予厚望的儿子克里斯蒂安并没有给他争气，他的成绩单居然比上学期还退步了。他狠狠地瞪了克里斯蒂安一眼，再也不想跟他说话，便回到自己的房间呼呼大睡起来。

当卜劳恩醒来的时候，已是第二天早上。他习惯性地拿起笔补写昨天的日记：5月6日，星期一，真是个倒霉的日子，工作没找到，钱也花光了，更可气的是儿子又考砸了，这样的日子还有什么盼头？

卜劳恩来到小房间，打算叫儿子起床，但克里斯蒂安早已经自己上学去了。就在此时，卜劳恩突然发现，克里斯蒂安的日记本忘记锁进抽屉了，于是便忍不住好奇地看了起来：5月6日，星期一，这次考试不太理想，但当我晚上将这个消息告诉爸爸的时候，他却没有责备我，而是深情地盯着我看了一会儿，使我深受鼓舞。我决定努力学习，争取下次考好，

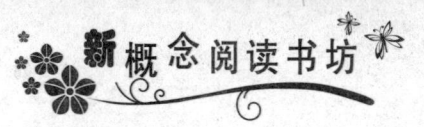

不辜负爸爸的期望。

怎么会是这样呢，自己明明是恶狠狠地瞪了儿子一眼，怎么就变成深情地看了看他呢？卜劳恩好奇地翻开了克里斯蒂安以前的日记：5月5日，星期天，山姆大叔的小提琴拉得越来越好了，我想，有机会我一定要去请教他，让他教我拉小提琴。

卜劳恩又是一惊，赶紧拿起自己的日记本来看：5月5日，星期天，这个该死的山姆又拉他的破小提琴，好不容易有个休息日，又被他吵得不得安生。如果他再这样下去，我非报警没收他的小提琴不可。卜劳恩跌坐在椅子上，半天无语。他不知道他从什么时候起竟然变得如此悲观厌世、烦躁不堪，难道自己对生活的承受力还不如一个孩子吗？

从此，卜劳恩变得积极和开朗了起来。他日记里的内容也完全变了：5月7日，星期二，今天又找了一天工作，虽然还是没有哪家单位肯聘用我，但我从应聘的过程中学到了不少东西。我想，只要总结经验，明天我一定能找到一份满意的工作。5月8日，星期三，我今天终于应聘成功了,虽然是一份钳工的工作,但我想,我一定能成为世界上最出色的钳工。

他,就是德国漫画巨匠埃·奥·卜劳恩。卜劳恩1903年3月18日生于德国福格兰特山区翁特盖滕格林村,曾经在工厂当过钳工,给报刊画过漫画,为书籍画过插图。而最广为人知的是他的连环漫画《父与子》。《父与子》的素材,大多来源于他和儿子克里斯蒂安在一起的日子。卜劳恩所塑造的善良、正直、宽容的艺术形象,深深地打动了全世界读者的心。《父与子》被人们誉为德国幽默的象征。

卜劳恩的经典名言是:一个人只要具备善良、正直和宽容的性格,那么便没有什么困难能够压得倒他。宽容别人、宽容生活,就是宽容自己。

后来有人采访卜劳恩时问他,听说是一本日记造就了您今天的大师成就,这是真的吗?

卜劳恩说,是的,确实是因为一本日记,但需要申明的是,那个大师不是我,真正的大师是我的儿子——克里斯蒂安。

我要对你说

孩子并不是大师,而是宽容成就了大师。仁者能容,智者为宽。富有仁爱智慧的人,也必将是宽容的人。宽容别人,宽容生活,就是宽容自己。对别人的释怀,也是对自己的善待。

生命的重量

白天光

西班牙人将一头健壮的牛杀死，围观的人都在欢呼雀跃。一位美丽的少女冲着斗牛士飞吻。

西班牙人用血腥制造幸福，也用血腥制造善良。因为当天《巴塞罗那时报》报道，让人们无比兴奋的11场斗牛表演，其全部收入都将捐献给慈善机构，用于治疗西班牙210名白内障儿童。

斗牛场上被杀死的牛不知道人类还有善良，它一头扎到地上，又绝望地抬起头，能够看见天空的晴朗，痛苦地依恋世界上能给予生命的那些美好。

它可能记不清刺死它的斗牛士的英俊的样子，它只是疑惑：你为什么用凶器来和我搏斗，你为什么不能用生命赋予你的力量去与对手较量，如果你放下武器，你死得会比我还惨。人类对生命很不公平。

我要对你说

人有时是很矛盾的，善良的人，把爱心无私地奉献给慈善事业；残忍的人，用动物的生命去博取观众的兴奋。生命因此有了贵贱之分。在你的心中，是否也有一个天平？相信你会称出生命的重量。

简单的希望

艾伦·D·斯古兹

艾米·汉格德恩绕过教室对面那个大厅拐角的时候，与迎面走过来的一个五年级男生撞了个正着。

"小心点儿，小家伙。"那男孩一边闪身躲避这个三年级的小学生，一边冲着她大声吼道。当他看清眼前的女孩时，脸上露出了一丝讥笑的神色。然后，他用手握住自己的右腿，模仿起艾米走路时的样子。

艾米闭上了眼睛，她告诉自己，不要理睬他。

可是直到放学以后，艾米仍然想着那个高个子男孩嘲笑她的样子。

他并不是唯一嘲笑她的人，自从艾米进入三年级，似乎每天都有人嘲笑她。孩子们取笑她说话时的结结巴巴和走路时一瘸一拐的样子。尽管教室里坐满了学生，艾米仍然感到非常孤独。

那天晚上，艾米坐在餐桌边吃饭的时候，仍然一言不发。母亲知道艾米肯定又在学校里遇到不如意的事情了，因此，她很高兴自己能有一些令人兴

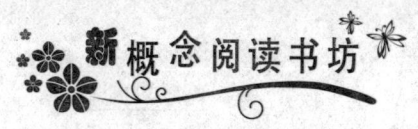

奋的消息告诉艾米。

"电台为迎接圣诞节举行了一个希望竞赛,"母亲说道,"写一封信给圣诞老人,也许会得奖。我想现在坐在这张餐桌旁边的某个长着金色鬈发的人应该去参加。"艾米咯咯地笑起来,这个竞赛听起来很有趣,她开始考虑自己最想要的圣诞礼物是什么。当一个好主意在头脑里浮现的时候,艾米的嘴角露出一丝微笑。她拿出铅笔和纸,开始写信。

亲爱的圣诞老人:

我的名字叫艾米,今年9岁。我在学校里遇到了一点儿麻烦,您能帮助我吗,圣诞老人?孩子们都嘲笑我走路、跑步和说话的样子,我患了大脑麻痹症。我只想要一个不被嘲笑或者取笑的日子。

爱您的艾米

参加圣诞希望竞赛的信像潮水一样涌入印第安纳州韦恩堡市的电台,这座城市的无数个男孩和女孩把自己希望得到的圣诞礼物写在了信里。

当电台收到艾米的信的时候,经理利·托宾仔细地阅读了一遍。他知道大脑麻痹症是由脑损伤引起的功能失调,表现为肌肉运动神经受损,常伴有身体协调性差的症状,有时会产生讲话和学习困难。这可能会使艾米的那些同学感到迷惑。托宾认为,让韦恩堡的市民们听听这个特殊的三年级小女孩及她的不同寻常的希望是非常有必要的。托宾先生给地方报社打了一个电话。

第二天,艾米的一幅照片和她写给圣诞老人的信登在了地方报纸的头版上。这个故事很快传播开来,全国各地的报纸、电台和电视台都对印第安纳州韦恩堡市的这个故事进行了报道。

在那个难忘的圣诞期间,全世界有两千多人向艾米寄来了表示友谊和支持的信。

得克萨斯州的一个名叫琳恩的6年级学生,在给艾米的信中这样写道:

我愿意成为你的朋友,如果你来拜访我,我们将会过得很愉快。没有人能够取笑我们,因为即使他们这样做,我们也不会理睬他们。

琳 恩

艾米看见了一个真正充满关爱的世界,她的希望也确实实现了。

那一年,韦恩堡市的市长正式向市民宣布:12月21日为艾米·汉格德恩日。市长解释说,因为敢于提出这样一个简单的希望,艾米给了全人类一个有益的教训。

"每一个人,"市长说,"都想要并且应该得到尊重、尊严和温暖。"

每个人都享有被尊重、感受温暖与爱的权利。如果你是艾米,你是否也有这样的勇气呢?像艾米一样,勇敢说出你的希望吧。

我叫托马斯—杰斐逊

晓文 译

杰斐逊最热爱的运动是骑马。他是位相马行家，自己就有一匹上等好马。在任总统期间，一天他正在华盛顿附近一个地方骑马，当他来到一个十字路口时，碰到一位知名的赛马骑师，这位骑师还是个做马匹买卖的生意人，人们叫他琼斯。

那人并不认识总统，但他那职业性的目光一下子被总统骑的骏马吸引住了。鲁莽、冒失的琼斯径直走上前来和骑马人搭讪起来了，并紧接着用行话评论起那匹马来：品种的优劣、年龄的大小以及价值的高低，还表示愿意换马。

杰斐逊简短地回答了他，礼貌地拒绝了他所提出的所有交换建议。那家伙仍不死心，不停地游说，不断地抬高出价，因为他越仔细看这个陌生人骑的马，就越喜欢它。

所有的建议都被冷冷地拒绝后，他被激怒了。他开始变得粗暴起来，但他的粗野行为与他开出的价钱一样，对杰斐逊毫无作用，因为杰斐逊能够很好地控制自己的情绪，没有人能够激怒他。

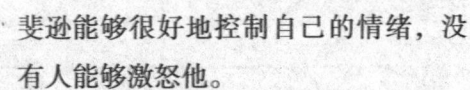

这位赛马骑师想让杰斐逊展示一下这匹马的步伐，还竭力要他骑马慢跑，和他打个赌。但是所有这些努力都白费了。

最后，琼斯发现这个陌生人不会

成为他的客户，而且绝对是个难以对付的人，他便扬起马鞭在杰斐逊的马侧腹抽了一鞭，想使马突然狂奔起来，这会让骑术不高的骑手摔下来。同时，他自己也准备策马急驰，希望与之比试一番。

然而，杰斐逊仍然端坐在马鞍上，用缰绳控制着烦躁不安的马，并且同样很好地控制住了自己的情绪。

琼斯惊呆了，但只是粗鲁地付之一笑，又靠近这个新认识的人，开始谈论起政治来。作为一个联邦制的坚定拥护者，他开始大肆攻击杰斐逊以及他的政府的政策，杰斐逊鼓励他就一些事情发表自己的看法。

不知不觉，他们骑马进入了市区，沿着宾夕法尼亚大道往前走。最后，他们来到总统官邸大门。

杰斐逊勒住缰绳，有礼貌地邀请琼斯进去。

赛马骑师听后惊诧不已，问道："怎么，你住在这里？"

"是的。"杰斐逊简洁地答道。

"嗨，陌生人，你究竟叫什么名字？"

"我叫托马斯·杰斐逊。"

听后，赛马骑师的脸变得煞白，他用马刺猛踢自己的马，喊道："我叫理查德·琼斯，我很好！"说着，便迅速冲上了大路，而此时，杰斐逊总统则微笑地看着他，然后策马进了总统府大门。

我要对你说

面对无理取闹的人，与其暴跳如雷，针锋相对，不如控制住自己的情绪，静观其变，这才是最好的应对之策。宽厚的心会化解一切矛盾，更会让无耻的人感到无地自容、自惭形秽。

敬　启

　　本书的编选参阅了一些报刊和著作，由于多种原因我们未能与部分入选文章作者（或译者）取得联系，在此深表歉意。敬请原作者（或译者）见到本书后，及时与我们联系，我们将按国家有关规定支付稿酬并赠送样书。

联系方式
联 系 人：杨老师
电　　话：18600609599

编委会